时空的尘埃

吴有臣 著

中国出版集团　现代出版社

图书在版编目（CIP）数据

时空的尘埃 / 吴有臣著. -- 北京：现代出版社, 2022.12
　　ISBN 978-7-5231-0106-3

Ⅰ．①时… Ⅱ．①吴… Ⅲ．①短篇小说－小说集－中国－当代 Ⅳ．①I247.7

中国版本图书馆 CIP 数据核字(2022)第 256343 号

时空的尘埃

著　　者	吴有臣
责任编辑	王志标
出版发行	现代出版社
地　　址	北京安定门外安华里 504 号
邮政编码	100011
电　　话	010-64267325　010-64245264(兼传真)
印　　刷	北京建宏印刷有限公司
开　　本	880 毫米 x1230 毫米　1/32
印　　张	6.5
字　　数	150 千字
版　　次	2022 年 12 月第 1 版　2023 年 1 月第 1 次印刷
书　　号	ISBN 978-7-5231-0106-3
定　　价	59.80 元

版权所有，翻版必究；未经许可，不得转载

自 序

书稿交上去已经有些时日，编辑一直催促我在前面加一篇序。

这颇使我为难。序由谁写呢？按照通常的惯例，序言一般都是请名家来写，名家作的序一是具有权威性，二是具有引导性，并且在一定程度上说还能起一点名人效应。自从踏进文学这个圈子以来，确实认识了几位名家，并且还时常得到他们热情的鼓励和精心的指点，从中汲取了不少营养，但请他们作序，我确实有点儿不敢，总觉得自己这些文章实在太嫩，出版出来也无多大价值，请他们作序害怕辱没他们的名声。请领导作序吧，领导一天事务太忙，无暇翻阅书稿；即使偶尔阅读一两篇文章又怕对号入座，说有"编造人"之嫌。找朋友作序，朋友之间又爱说些言不由衷的恭维话，往往别人听着肉麻，不是害怕自己被吹上天，就是害怕误导读者，还是作罢。思来想去，觉得自己给自己写一篇比较合适，一方面说说自己的写作意图和文章的大致内容，二来也可以给书本增加一点儿厚度。

说到写作意图，我觉得自己写作既没有功利性，也没有目的性，从来不指望写作能给自己带来什么，也不担心写作会给自己招来什么不必要的麻烦。不给自己制定什么写作计划，也不强迫自己一天要写多长时间，只是把它作为一种生活的记录，情感的宣泄，想写的时候就写一点儿,不想写的时候也不硬撑,有种三天打鱼两天晒网的感觉。

  作为一个写作者,不管是业余爱好还是专业创作,最基本的职责就是做好生活的记录和时代的见证,为时代摇旗呐喊。基于此,我时刻用自己愚钝的目光密切地关注着我们这个社会所发生的一切美好的东西,从各个微小的事件背后搜寻能够折射这个时代的亮点。我之所以将这本书取名为《时空里的尘埃》,是因为在这部书稿里,我基本上写得都是小人物的故事,这些人物在浩瀚的历史长河中只不过是沧海一粟,所讲的故事也是我记忆的长河里一颗微小的尘埃,但这些尘埃都能直击人的灵魂。如在《政绩》这篇小说里,讲的是一个为了突出自己的政治业绩而不顾百姓死活,大搞形象工程的基层党委书记被上级撤职的故事;在《老赵脱贫记》里讲述一个偷奸耍滑不作为的基层干部由于造假露馅儿,最后断送自己的大好前程;在"职称晋升系列"的四篇小说里,讲的是一个校长为了自己利益而优亲厚友,结果激起群愤而被上级主管部门撤职,并移交到纪律检查部门被依法查处的故事;在《把礼收回来》这篇小小说里,主要讲的是移风易俗给我们这个社会带来的变化。选材比较广泛、也比较零散,时间跨度也相对较长,有的是我初学写作时的作品,有的是最近两三年的新作,但不论是哪一篇文章,在现实生活中都可以找到影子,是普遍当中的典型,值得人们反思。虽然都是小人物,但从这些小人物的身上,我们能够明显的感受到十八大以来的这股清风吹到祖国的各个角落,中国社会发生一系列可喜的变化,具有时代意义。

  话不多说,说多了有王婆卖瓜之嫌。如果你想详细了解,就请你仔细品读这本《时空里的尘埃》。

目 录

重锤 …………………… 1	孤立 …………………… 57
人道·医道 …………… 5	放电 …………………… 61
咋回事？ ……………… 8	反思 …………………… 64
吉兆 …………………… 11	考验 …………………… 68
谁来当优秀 …………… 15	等待 …………………… 71
弃子 …………………… 19	庆生 …………………… 74
谁醉了 ………………… 22	笨石头 ………………… 77
把礼收回来！ ………… 26	真没想到 ……………… 80
吃啊,把它吃回来！ … 30	一个被吓破苦胆的校长 … 83
如此老乡 ……………… 34	晋职系列小说 ………… 88
便宜拣大了 …………… 38	闹心 …………………… 100
推销 …………………… 42	舆论问题 ……………… 105
典型 …………………… 45	隐藏 …………………… 108
电话泪 ………………… 48	远见 …………………… 112
冬日里的感动 ………… 52	左右逢源 ……………… 114
冬日里的温暖 ………… 55	自豪 …………………… 116

接娘回家吧！ …………… 119	作者简介 …………… 159
怎么办？ …………… 121	啊？ …………… 161
我们的生活充满阳光 …… 124	最后的守候 …………… 162
微信，微信！ …………… 127	只因少送一个礼 …………… 165
老纪戒烟 …………… 130	政绩 …………… 169
太平渡 …………… 135	会议再继续 …………… 172
说说 …………… 139	老赵脱贫记 …………… 176
最美的遗嘱 …………… 141	找谁呢？ …………… 180
是对，是错？ …………… 145	信任 …………… 184
梦碎 …………… 149	老李的迷惑 …………… 187
崩溃 …………… 151	孝顺 …………… 191
这是怎么回事？ …………… 155	生命的"代驾" …………… 194
	后记 …………… 198

重锤

舒康诊所在这座小城开办三十余年，生意一直不错。来这儿看病的患者一是看重程医生那精湛的医术；二是看重程医生那颗宽厚的仁术之心。他处处都为患者着想，能用五分钱医好的毛病绝对不会让患者花费一毛钱；能用偏方治好的毛病绝对不会让患者抓药；能用口服药物医好的疾病绝对不会让患者输液。程医生对那些弱势群体也关爱有加，不仅不收取任何费用，而且还经常对他们的生活进行接济。如此一来，方圆数里有口皆碑。尽管诊所每天门庭若市，可程医生一年到头手上也并无多少积蓄。

看到那些没开几年诊所就腰缠万贯、挥金如土的医生，妻子莲花心里真不是滋味。她经常在程医生耳边唠叨："我们这是诊所，不是福利院，你不能光看重名声，还要考虑考虑经济效益。毕竟我们也有负担，还要食人间烟火。你想开福利院，现在还没那资格！你看那中街的李医生，才开业几年啊，现在房子、车子、票子应有尽有。每次去个病人，不管咋的就先把吊瓶挂上，然后一拖就是几天，一个普通感冒不花上个千儿八百别想治愈！我们虽然不能像他那样心黑，可让患者花个三五百总该可以吧？"程医生气愤地说："你就知道钱！还讲不讲医德？随便挂瓶等于慢性自杀，你懂吗？"

莲花不屑一顾地说："就你是个救世主！现在哪个诊所不是这样？榆木疙瘩！"

程医生一声不吭，又在潜心研究他的偏方了。

一天，程医生有事刚刚外出，就有一位老头儿前来就诊。这老头儿常年患有慢性胃炎，是这儿的常客。莲花觉得这是她大显身手的绝好时机，就对老头说："您这慢性病，长期服用一种药物容易产生抗体，效果不大。要想彻底治愈，非下重锤不可。俗话说，重病须得猛药治。"

老头疑惑地问："怎么个下法？"

莲花说："我给您推荐几种刚到的新药，您坚持服用一周，准好！"

老头把莲花盯了半天，半信半疑地说："你会治病吗？你有从医资格证吗？你可别把我的老命给治没了。"

莲花笑呵呵地说："您放心，程医生医术那么好，这些年我难道就没学会一点儿？至于证嘛，那只不过是一张应付检查的纸，与手艺无关。你看那么多开车的，难道人人都有驾驶证吗？"

老头被驳得哑口无言，提着药慢慢地走了。

老头走后，莲花心里格外舒坦：虽然她不懂什么医学、药理，但她把凡是能治疗胃炎的药物都给老头用上了。而且她坚信：盐多不坏酱。

一种药物治疗不好必然会有另外的药物发挥作用。按照这种治法，不出两年，也会财源滚滚了。

事情有时就那么蹊跷：一个多年在程医生手上没有治好的毛病居然让这重锤给歪打正着了！莲花立马成为街坊邻里谈论的热点人物。有的说真人不露相，露相不真人，没想到莲花的医术竟然在程医生之上！也有的神秘兮兮地说程医生之所以"手轻"，原来他有他的算盘呢！程医生生气地对莲花说："你这种治法迟早会出事，现在没出事纯属侥幸！有这样给病人用药的吗？虽然表面上起了作用，但又给患者身体造成多大的危害你知道不？"莲花嘟囔道："有这么玄乎吗？广告看多了都会治病，少在我面前卖关子！"

这天，天气晴朗，朝霞灿烂。程医生刚刚开始坐诊，一位中年妇女进来了。她开门见山就要莲花给她瞧病。程医生笑着说："你这毛病她把握不住，小心误事呀。"中年妇女把脸一沉，话中有话地说道："程医生，我很敬重你的人品，也很看重你的医术，可你给我治了这么多年也没治出个所以然。你妻子虽然下手重一点儿，可总体算下来比在你手上要省许多啊！"

程医生当时气得浑身发抖、黑血直冒。这不是在讥讽我"以病养医"而专门在搞放长线钓大鱼吗？我程某人难道在百姓眼里就是这个形象？他连说了两声"罢了，罢了"走出门外，双手抱头坐在枇杷树下。再也没有比遭人误解更难受的事了！莲花这时像一位凯旋的将军向

3

他抛来傲慢的微笑,并炫耀地把几张红色的钞票弹得"噌噌"直响——

可这种傲慢式的微笑并没坚持多久。第二天,中年妇女就被儿子用车给送来了。她头发凌乱,脸色苍白,有气无力地躺在那里抽搐。莲花赶紧把她送到大医院就诊,诊断结果是:药物过量,急性中毒!

人道·医道

医院里的小可实在看不下去了：就那么一个伤口，主治医师先是二话没说就给开了几张单子让去拍片检查，待骨骼和其他血管均未受损又让他去抽血化验。小可忍不住嘟囔说：不肿不胀，骨骼还能受损？让患者花那冤枉钱干啥？再说，这抽血化验与包扎伤口有什么关系？主治医师白了他一眼，愠怒地说："就你话多，就你眼毒。肉眼再毒能有机器看得精确吗？按你的说法国家还制造那么多的医疗器械干啥？再说，只有各项指标正常才能大胆医治嘛！"几句话把小可顶得哑口无言。更让小可瞠目结舌的事情还在后头：好不容易等到伤口愈合，主治医师又以内部感染为由，拆了缝、缝了拆。天天静脉注射，并且还用上许多不能报销的名贵药物，不说让老张花了巨额的医疗费用，就这几十天的误工和疼痛的折磨，让一个普通的工人能承受得了吗？

其实，很简单。小可认为：这只不过是一个非常普通的外伤，骨骼和血管均未受损，注射几天阿奇霉素进行消炎，再敷上一点儿"百多邦"之类药物不就好了吗？小可趁没人注意时就悄悄地为老张进行治疗，并再三嘱咐老张要为自己的私诊保密。

主治医师对老张的痊愈大吃一惊：按他的疗法最起码还需半个月以

上！咋就恢复得这么快呢？一定有人在背后作梗！经过全范围的搜索和多渠道的打听，最后他把小可的所作所为添盐加醋般地向院长做了禀报。

翌日清晨，小可照例第一个来医院上班。让他莫名奇妙的是，许多同事都向他投来非常怪异的目光，有的甚至像躲避瘟神一样老远就钻到林荫树下给他让道，好像他们的饭碗被他抢了一样。等他过去还要"呸呸"朝地面吐两口唾沫。他觉得脸上热辣辣的，浑身上下感到非常的不安，就去找同窗好友小李打探情况，小李阴阳怪气地说："你做的好事，就等着领赏吧！"他把"领赏"俩字说得格外重、格外长。

好不容易熬到下午，院长把他叫到办公室，冷嘲热讽地说："你的确是医学界的奇才，大有华佗在世、扁鹊重生之势！这点我深信不疑——毕竟是医科大学培养出的高才生嘛！我们需要这样的人才。说不定再过几年就能摇身一变成为中国医学界的权威和精英，这也是我院的殊荣。但是年轻人，我对你说句非常中肯的话，目的也是想让你健康地、顺利地成长。做人一定要低调，事事不要太锋芒毕露！即使你有天大的本领，也要分清你目前所处的位置。记住一句话：枪打出头鸟，出头的椽子先烂！对老同志也应该有点儿最起码的尊重，你凭什么就不用主治医师的处方而给患者私自用药呢？我建议你要好好反思反思！"

"那只是一个很普通的外伤，如此拖延下去我认为是否有点儿不太人道？"小可说。

"你坐下！"院长脸一沉，说，"人道不人道不是你一个人说了算的，我们怎么不讲人道呢？不讲人道我们门楣上方还镌刻毛泽东的'救死扶伤'这四个大字干吗？可是年轻人，你太单纯了。人道固然要讲，但医道更不能丢！按你的做法，我们医院还要不要效益？职工还要不要生存？购置那么多的医疗器械就等着让它在那里闲置生锈？额外百分之四十的绩效工资你给想办法？我们毕竟是财政差额供给的单位呀！"

小可被院长那连珠炮似的追问轰得晕头转向，喃喃地问："那该咋办？"

院长缓了一下语气，说："无论何时，都要以单位利益为重。基于你是首次犯错，就先写份检查，等开会研究后再说。"

小可"哐当"把门一拉，转身走了。

数月过后，老张把家里最大的一只公鸡抱到小可门口，摁了很长时间门铃仍无人回应。最后，门房的老头告诉老张：小可因看不惯医院的行业风气和受不了同事们的冷漠，辞职到南方开诊所去了。

咋回事

老叶到现在都没弄明白：自己咋就稀里糊涂地当上了风水先生。

那是一个细雨霏霏的傍晚，他路过一家农舍，本身肚子饿得叽里咕噜，加上泥泞路滑，见人家吃着香喷喷的饭菜，就再也挪不动腿了。他就慢悠悠地在这家院场仔细查看了一番，大叫一声："不得了！"主人一惊，忙问其故。老叶笑着说："了不得，了不得！你看你这庄院的地理位置，左青龙，右白虎，四面群山环绕，一条大江在这里绕个大弯，大有向屋内进射之势，这叫金龙吐水，是风水学中难得的奇相，了不得啊，了——不——得——啊！"

一席话，把主人说得心花怒放，自从搬进这个宅子，还从没听过这么好听的话语，就赶紧吩咐妻子收拾碗筷，重新拾掇几个硬菜请"大师"好好聊聊。

老叶见这家主人如此盛情，又假装四处看看，说："只是，你这门向得再挪挪，应该向下稍偏一点，要对准'龙嘴'，这样，我保证你要行三十年大运！"

主人本来不太相信这套，但经老叶这么一劝，也就抱着试一试的态度，找人把门向拧了一下。也活该老叶走运：第二年主人外出打工，在车站救了一位南方老板，老板就高薪请他做贴身保镖，后又成了老板的副手，在方圆数里富得流油！

主人富了，老叶红了。但凡谁家有个红白喜事，都要备足丰厚的礼品来请老叶给定夺，老叶的日子也就变得滋润起来。什么时间嫁娶，什么时间铺床，他都要给你安排到哪一分、哪一秒，不敢有半点儿差错。尤其是白事则更加讲究：什么时间封棺，什么时辰出殡，什么时间埋葬，什么时间修坟，他都要给你派拨个一清二楚。时间长了，老叶就会根据礼物的多寡来决定自己的态度，谁的礼金丰厚，他就会给仔细研究一番；谁的礼金略薄，他就毛毛草草敷衍。要是有人得罪过他，他就会把你好好折腾一番：对不起，最近无好日！非要让灵柩在家搁上七天！有一个年轻人知道他的底细，也就对他轻而视之，一次老爷子去世，干脆请别的先生来给安排。老叶心里非常别扭，为了扩大自己的影响，让更多的人信服他的本领，就里里外外察言观色，最后发现老太太心慌气短、气色较差，肯定来日不多。就谈嫌说是出殡的日子不好，必犯重丧。老太太不经吓，听罢整天提心吊胆，惊惶度日，最后焦虑过度，真的撒手人寰，人们更对老叶的话语深信不疑。

一次，村东头朱老先生去世，老叶给选定在三天后出殡。晚上老叶刚刚回家休息，外村一名客人来请他去给选个门向。老叶为难了，这咋抽得开身?! 可一看到外村客人拎着丰厚的礼品，并且有一个厚厚的红包，真是欲罢不能！他左思右想，掏出手机，给朱先生的儿子说："你把你父亲的出生年月再给我报一遍，毕竟老先生生前对我有恩，我要仔细查查！"过了半个小时，他大惊失色地说："实在不得了，老先生咋在这个日子出生,又偏偏死在这个时辰?想给风风光光的热闹下都不行,他去世的日子犯灭门呀!儿子大惊失色地问有没有方法克制?老叶沉思一会儿,说:"那只有尽快出殡,不动响器,不放鞭炮,最好在天没亮前归土。"

若干年后,朱先生的儿子富甲一方,孙子也学业有成,拿着丰厚的礼物来犒劳老叶时,老叶自己也疑惑了:当年自己并没有给认真查看,完全是一派胡言,人家的日子咋就过得这么兴旺发达?!

吉兆

我今天要说的还是关于老叶的故事。

老叶在我们村子已经生活了六十多个年头,他在乡亲们的眼里各方面都好,就是爱计较。每年正月初一,他一吃罢早饭,就要在肩上捎把斧头或是在腰上别把弯刀,到山上去拾掇一捆干柴扛回来,若是熟人遇见,说你去砍柴了?他就会狠狠地瞪你两眼,嘴里小声地嘟囔两句,让你识相点儿赶紧离开;要么就会说你没有素质,简直是少教,大年初一你就不会说点儿好听的吗?我这一年的财运就让你给糟蹋了!这不叫砍柴,是伐柴(发财)!你应该说老叶,你发财了!假如你一开口就说那话,他就会高兴地把柴放下,不停地夸赞你有知识、懂礼节、不愧为是当地的名流,并从衣兜里掏出好烟,亲自给你点着,笑嘻嘻地说大年初一就应该说些吉利的话,譬如谁到你家闲玩,如果人家住在上边,你就不能招呼说你下来啦,而是要说你来啦,等等。讲完后还要邀请你去他家做客,让妻子把家里好吃好喝的全都拾掇出来,不醉不休!时间长了,人们都摸着他这一秉性,每次一见到他在扛柴,大老远就喊:"老叶,你发财啦!"这可苦了他老婆,大初一回不了娘家,还要给一大帮爷们儿做吃做喝。次数多了,就免不了要发几句牢骚,说:"你个怪东西，人家说你发了几十年的财了，你究竟发了多少？让我一块儿受这褡裢罪！"老叶就批评说："你这个死老婆子，让人家吃一顿饭咋啦？古言说：'吃不穷、喝不穷，不会算计才会穷。'大初一讨个好口风，这是吉兆，一年都顺当！"

当然这些都是道听途说，以前老叶居住离我家较远，加上我常年在城里工作，很少回家，耳听为虚。后来我们那里搞新村规划，他搬到我们一个院子，我就对这些传说更深信无疑了。

那是大年三十晚上，我们吃罢年夜饭后，就约了几个朋友在一块儿搓麻将。熊熊的炉火尽情地燃着，使整个屋子都充满暖气。刚搓几把，老叶就来看热闹，他一会儿立在张三身后，不停地唠叨出哪张牌正确；一会儿又站在李四旁边，看李四不听他的指挥就激动地把人家面前的牌给朝锅里打。打麻将人都忌讳这一点，最不喜欢谁在后边指挥，三说两不说的就把牌给说明了，尤其是看两家牌。王武把他狠狠地瞪了两眼，又把麻将在桌子拐上弹得啪啪响，意思让他闭嘴，可老叶真是不长眼色，仍然在后边给人家当军师。王武就忍无可忍了，把牌朝铺子里一推，说来你打去，就起身走了。老叶先是一愣，接着就坐在那里补缺。说也奇怪，他坐在那里手气出奇地好，几乎是他一人的世事。当我接到一张"二万"喊声自摸时，外面就响起了噼里啪啦的鞭炮声。老叶就说你这小伙子今年肯定手气好，一过新年你就自摸了！说也奇怪，接着我又连胡几把，老叶就埋怨他有一阵子没和牌了。王武就在后面说："你这下坏了，手是要霉的，谁让你上场就赢'闭门桩'呢？"老叶把刚接起的"七条"朝桌子上一弹，大怒道："你说啥？你再说一遍！"

我看他要起身，就说："他说着玩儿的，你计较啥呀？"他说："你没看现在几点了？十二点刚过，大年初一了！"那阵我还输着，一看又要散摊儿，就说咱这农村，以天亮为准，现在还是年夜三十。他听后心里稍微暖和一些，嘴角挂了一丝淡淡的微笑，又坐在那里打了几圈儿。连我们都觉得奇怪，老叶这几圈简直黑得透顶，不是放和就是放杠，最后干脆把牌一推，说："我叫这乌鸦嘴把我说坏了，打他挠球！"走到门口又转过身对王武说，"你小子注意着，我今年顺溜了就不说；我若倒霉，让你吃不了兜着走！"

我因在牌桌上对他说了句宽心话，大年初一自然也就成了他家的宾客。几盅烧酒下肚以后，我看老叶的印堂有些发暗，脸上的颜色也不正常，猜摸他是不是有什么毛病。这时，他端起酒杯要和我对饮，出于职业的习惯，我不由自主地抓住他的脉搏，发现他的脉象极不正常。我是中医出身，对这些东西我研究得非常透彻，就对老叶说："你最近是不是有点儿不舒服？到医院去瞧瞧吧？"老叶一笑说："不愧为名医，最近估计是吃多了，胸部有点儿闷。等年过罢再说，有哪个人大过年的喝药啊？"我知道我犯了老叶的忌讳，就什么也没说，把酒杯端起，一饮而尽。

回家以后，我始终惦记着老叶的毛病。一是觉得人上了岁数，身体的抵抗力有些下降，病了要及时就医；二是出于职业道德，总觉得发现病人不让及时医治是一个医生的失职。好不容易挨到正月十六，我又跨进他的院子，对汗流浃背的老叶说："现在年也过了，节也过了，你该去医院好好检查一下了！"老叶听后哈哈大笑，说："今天是'游百病',我一早起来绕着这大山跑了一圈,身上的病早游没了,去检查啥呀?再说,再过七天就是我的生日,我弄个药罐子,多不吉利!"

我又失望地回到单位,思忖着如何去劝说老叶,毕竟我从他的脸色上、嘴角上,分明看到了病情的严重性。想来想去,也想不出一个比较好的方法,只是盼望时间过得快点儿,只要他生日一过,他就没有什么忌讳了。好不容易等到第六天,他儿子就心急火燎地闯进我的科室,语无伦次地说:"快给我帮个忙,我爸昏过去了。"我的心顿时"咯噔"一下,赶紧去给挂了个急诊,又去找了一副担架,到医院门口把老叶从车上抬下来。刚一上车,就看到他脸色发青,嘴唇乌黑,双目紧闭地躺在车上,嘴唇一张一闭,似乎要说什么。我就把耳朵凑到他的嘴边,听到他用非常微弱的气流在骂王武。同行的医生把他眼睛一翻,又用听诊器听了片刻,说估计是心肌梗死,赶快朝重症室护送!

谁来当优秀

一年一度的教学工作接近尾声，为弘扬正气、表彰先进，学校决定评选几名优秀教师。鉴于上年有的同志提出"优秀不出常委"的事实，校领导为避嫌疑，决定今年把优秀指标划拨到各年级组，一来认为年级组基本能掌握情况，能把事情摸准摸实；二来即使有不公平的地方也不会怪罪学校领导，让年级组自行消化，免得惹火烧身，何乐而不为？

这可难为了马组长。这家伙，一向小心谨慎，只唯上，不唯实。他没弄懂领导的真实用意，究竟是真的公平公正呢还是嘴上说说而已？如果真的公平公正，那几个"皇亲国戚"到底还要不要照顾？他反复去打探风声，领导只轻描淡写地说："你情况熟悉，自己斟酌，我们不加干涉，再一干涉就变味儿了！你自己的权力自己用好嘛，又不是什么傀儡组长。"马组长心里犯嘀咕了：用好自己的权力？这究竟有多大的权力呀？说这话究竟是什么意思，实在让人捉摸不透。为了不让自己惹火烧身，他就来个中庸之道：就是充分发扬民主，让同志们投票选举，这样谁都不会得罪！

领导知晓后，就冷嘲热讽地对马组长说："你真是个老好人呀！"他把"老好人"这几个字说得相当重、相当长，"就你这种老好人的思想咋能开展好工作？以后我们卸任还想推荐让你接班，你有独当一面的气魄吗？每年的民主你不是不晓得，票数相当分散，中间还夹杂一些人情的成分，若是再有几个瞎尻搞"串联"，岂不又成笑话？所谓的民主，就是集中下的民主！"

一席话，把马组长的思路给打乱了，绕来绕去绕得晕头转向，不知如何是好。但有一点儿他心里清楚：就是领导绝对不赞成投票选举。眼看临近表彰，他还物色不出合适人选。于是，就决定召开年级组会议，让大家都来出谋划策，来决定最后花落谁家。令他万万没想到的是，所有教师都表现得比他还要冷淡，有的说："不管让谁当优秀，还不是你组长说了算，何必搞这个形式？再说，我们都是过来人，对那点儿荣誉早已看得比凉水还淡，你还是让学校拿去糊弄糊弄年轻人吧。"几句话，又把马组长的意图给堵住了，本来他想和过去一样自己提议一个，让同志们表决表决，可这会儿却不好意思开口了。他只好搪塞说："不要那样说，我老马还是一要发扬民主，二要公道办事嘛！我不说，大家提，主要的依据是把平时的工作量、学生成绩以及临时交付的各项工作综合权衡，让这个优秀能够真正地起到航标作用。"这时，侯玉环的心都快跳到嗓子眼儿了，这家伙，以前不是说得好好的要搞民主选举，今天怎么突然变卦，看来当时的甜言蜜语只是为了哄我开心呀！野男人的话不可信。想到自己提前串联的几票马上要化为泡影，心里确实不是滋味。就狠狠地白了马组长一眼，似乎在说："你等着瞧吧"。

宋娜听了这话好像喝了蜂蜜一样，这不明摆着是给我量身定制的？她暗自思忖：论工作量，她所带的课时没人能比；论工作态度，只要一有闲空儿就去给学生辅导作业；领导交付的任务从来没有推辞，并且都是高质量的完成；至于成绩更是无话可说！看来，优秀非我莫属了。可唯一让她忐忑的是：自己平时不太会处理关系，可是，要讲公正，这会受到影响吗？

马组长被侯玉环的一眼瞅虚了，见没人发言，就说："既然大家觉得当面提议有点儿不太合适，怕得罪人，那我们就改成无记名投票吧？"

"你不要再恶心人了，"白日旭没好气地说，"一会儿这样，一会儿又那样，烦不烦。什么工作量，那都不是错上不错下？要说考试成绩，我们有四科都是第一，难道能给四个优秀吗？还名副其实，哄鬼去吧？"

其他同志一阵哄笑。侯玉环心里狠狠地把白日旭骂了一阵。

马组长有点儿尴尬了。为了掩饰内心的空虚，说："那大家看该如何是好？"

白日旭说："既然大家的条件都不相上下，干脆就来个轮流坐庄，但有一点需要声明的是：不管谁当优秀，所得奖金都必须全部拿出来请客，大家在一块儿聚聚，不够的资金大家再凑，你们看这咋样？"

众人拍手称快。宋娜没想到陡然又是这样一个转向，心里怒骂道：眼睛都瞎了，简直是不辨忠奸、黑白不分呀！整天就知道在一起吃吃喝喝，工作还有啥搞头？于是推说自己有事，提前离会了。

马组长开始高谈民主，现在却又让民主葬送了自己的意图。他只好勉强地说："既然大家都这样认为，那就这么办吧。"于是就象征性地提了一个名字报到学校。

校领导万万没想到自己平时管用的手枪在这个时候偏偏走了火，狠狠地把马组长奚落了一番。当他听说准备轮流坐庄宴请喝酒时,勃然大怒道:"这不是拿学校的优秀当儿戏吗?成何体统?"拿起红笔,把这个名字狠狠地划掉了。

弃子

自从我的长篇小说《冬夜》在社会上引起轰动之后,文坛张开那宽厚的双臂接纳了我。一夜之间我誉满天下。我自身也像一道飞瀑注入江河,继而又投入大海的怀抱,停止了奔腾,停止了咆哮,每天欣赏着沿途的美景,享受着安逸生活给我带来的快乐时光。

我的"粉丝"一茬胜过一茬,整天在各个文学群里为我前呼后拥、高唱赞歌。无论我走到哪里,总是鲜花和掌声陪伴,奉承和赞誉齐来。有时我明显感觉到那是肉麻的奉承和讨好的巴结,虽然对我的作品做过分离奇的解读,但我居然一点儿都不感到恶心,反而觉得相当顺耳。就像一头浑身发痒的崽猪,那不疼不痛的抓挠实在是一种无法愉悦的享受!哪管他挠的在不在关键地方。时间稍长,我就听不进去半点儿意见,谁若稍微对我有点儿不敬,我就会兴师动众,把他搞得体无完肤,让他在圈子内根本没有立足之地。

最让我矛盾的是我初恋女友,尽管她现在已年愈不惑,可风韵犹存。一次文学讲座刚刚结束,她就非常坦诚地向我发出破镜重圆的信号,随后又展开狂烈的攻势。我稍微平静的心又受到强烈的干扰,整天生活在一种莫名的动荡之中。纠结着,彷徨着,矛盾着。我自己非常明白，我现在所取得的一切都与妻子的默默奉献密不可分，我怎么能做出有悖于道德之事？如果现在背叛她，那必将会在社会上掀起一场轩然大波！我是否还会光彩夺目而受人尊敬？可那个强烈的磁场一天天将我吞噬，我整个身心也陷入了痛苦的深渊。唉！无名的时候想出名，可浪得点名声又为其所累呀！

可我还得为名声而活。我决定在沉寂两年之后再强力推出一部重磅作品。我知道，作家的生命是作品。如果我仅仅满足于现在的一点虚名，那必将会被这个人才辈出的圈子所淘汰。神圣的使命感和危机感呼唤我重新回归社会，关注社会，写出一部能够反映我们这个伟大时代变革的赞歌。可我无论如何绞尽脑汁，就是写不出一点文字。现在我才觉得自己干瘪的文字在此时表现得多么苍白无力。我焦虑、我心急，不停地在问自己：究竟是玩物丧志还是江郎才尽？

在一个风和日丽的日子，我身心疲倦地漫步在荒郊野外。刚到一个十字路口，就看到一根电杆上张贴着被风吹破的"代人书写"这个广告。说是可以书写各种文体，并且强调为用户保密。我犹豫片刻，颇有点儿害臊地摁下了这组电话号码。对方说他有一部现成的书稿，至于稿酬让我随便掂量就是。

打开书稿，我居然看了整整一个通宵。那优美的文字，跌宕的情节，使我完全不敢相信这是出自一位乡土文人之手！我掩卷长思，不禁感慨万千：在我们这个地域辽阔的祖国，冒出了多少奇人异士，尽管有些幸运地找到了组织，成为体制内的专业人才，可仍然还有许多好汉流落在荒郊野外。他们犹如沉寂在地下的黄金，又像是深山老林里独自开放的一朵奇葩！书中那主人公的悲惨命运时刻牵引着我，让我魂牵梦绕、夜不能寐。

我将此书取名为《此路不通》。出版之后，又一次轰动文坛，各项荣誉又纷至沓来。我清楚，在这诸多光环背后，我个人的嘴脸比沉寂在地下千年的骷髅更为可怕！又是一个风和日丽的日子，我带上全部奖金和版税，找到那位乡土文人，向他诉说我的苦衷。他听后，爽朗地笑了起来，说："你放心，我不会泄密的。只要这部作品能够面世，对我来说就有一种无法逾越的满足，至于署上谁的名字并不重要。话又说回来，放在我这里也只是废纸一堆。这就好像在那个缺衣少吃的年代，生了一群儿子，为了活命我不得不送给别人。只要他能够长大成人、成才，我做父亲的灵魂就能得到满足，干吗还要奢求父子相认呢？"

谁醉了

一年一度的教师节到了。

在收看国家关于大力发展教育事业，努力提高教师地位，尊重知识、尊重人才的视频会议之后，校长略带几分歉意地告诉大家："今天是我们难得的节日，按道理应该给每位教师发一件值得纪念的礼品，可是学校经费紧张——校舍排危要搞、办公用品要购、各种资料要买、党报党刊要订。现在生源剧减，一年拨付的办公经费连学校的正常运转都不能维持，我们穷家薄业也无力支付呀。我机关算尽，把这几年积攒的废旧报刊全部卖光，才勉强凑合了这么两桌，又回老家提了一些木瓜酒，望大家谅解，同时也请大家喝得尽兴。"

几盅小酒下肚，小王愈加觉得心里不是滋味，就把酒盅朝桌面上一蹾，说啥也不愿意再喝了。鲁镇知道他平时有几盅酒瘾，就把酒杯筛满前来引诱，几句好言相劝，他就举起酒杯，长叹一声说："抽刀断水水更流，举杯消愁愁更愁呀！"校长知道他近期恋爱无成、事业受挫，就安慰道："今日有酒今日醉，何须思绪乱纷飞。从政府到教育，也不是一桩坏事呀!"

"还不是坏事?"小王醉眼迷离地说,"我要是几年前不干教育,孩子可能都快上学了,唉!教师都看不起教师,也太自欺欺人了!"

"就是。"不知谁又插了一句,"人家政府工作人员现在每年都有一万多元的奖金,我们有啥?发点绩效工资还是羊毛出在羊身上。"

一提到奖金,大家都无语了。

教导主任见酒桌间的气氛陡然低落,便把他一贯喜欢调侃的本领拿出来,笑着对孟月说:"孟作家,听说你最近又有什么新作发表,拿出来说说,学习学习,先进的文化——哦——哦——尤其是精神食粮要资源共享嘛!"

孟月知道教导主任是在戏谑他,虽然嘴上作家长作家短的喊叫,其实在心里是看不起他的,这一点他比谁都清楚。一是这家伙有点儿嫉妒他的才能,二是认为他搞创作影响教学。还有就是现在大家都在闲玩,只有你一个人在闭门创作,显得与大家格格不入,现在的文人在单位最不值钱了。他就连连摆手说:"别提了、别提了,实在是不合算呀,好不容易构思几个月,才写了那么点儿文章,满以为能挣几包烟钱,没想到给我寄来的却是几本书!我要那么多书干吗?唉,当年方向错误呀!要是像你一样好好弄个领导当着,现在的日子会多么滋润?何必搞这伤脑细胞的事呢?"

众教师大笑,气氛活跃了许多。教导主任知道孟月话中带刺儿,但这家伙确实很有城府，什么话都能装得下。心里虽然不舒服，但脸上却笑呵呵地说："孟月开了个好头，让大家都乐呵乐呵，现在我建议每人讲一个关于教师的故事，作为酒后笑料、饭后谈资。"大家就都把话匣子打开，欢笑声又在餐桌上此起彼伏。

轮到鲁镇了，他站起身，咳嗽两声，清清嗓子，大声说："原来有位青年教师，由于在杂志上发表了许多稿件，被杂志社聘为特约作家。那天，他要去参加创作交流，在火车上，邂逅了一位老板，老板对他毕恭毕敬，处处对他关照，可以说是无微不至。"

"哇！还是有钱人知道尊师重教。"众人说道。

"这不，"鲁镇接着说，"待老板下车时，硬将一沓钞票递给这位青年教师，并千恩万谢。"

"谢什么？"其他教师有点儿迷惑不解。

"谢谢您那红色的校徽，和您坐在一块我有安全感。"老板直言不讳。

年轻教师先是一愣，稍后恍然大悟，觉得自己有生以来从没遭受到这么严重的羞辱，揪掉那块红色的校徽，扔到窗外，从此再也没有回来，下海了。

故事完了。大家都没有笑，只有鲁镇自嘲地笑了笑。这时，校长突然抓起一只酒杯朝鲁镇砸去，骂道："你醉了？混的自己都瞧不起自己？你也下海呀？尽管现在我们这地方不重视教育，但我相信：总有一天，中央提出的关于教师的待遇问题会被落实的！和公务员的同工同酬也一定能够实现！"他又抓起第二只酒杯，被众人拦住——

　　大家愕然了，没想到向来极具绅士风度的校长今晚竟这般失态，个个都在心里嘀咕：是否校长醉了？还是鲁镇醉了？难道我们都醉了？到底是谁醉了？

把礼收回来！

老叶总觉得自己时运不济，干啥黄啥。年轻时当了多年教师，过着吃不饱、饿不死的清贫生活，就眼红别人下海吃香喝辣，不仅公职保留，而且还赚得盆满钵满，他就跟着下水，令他万万没想到的是，在海里还未站稳脚跟，停薪留职给取消了，结果工作整没了，还差点儿被海水呛死；后又看人家养猪赚钱，就把自己仅有的一点儿积蓄投入进去，结果猪价暴跌，又被整得血本无归；前两年发现当干部油水很厚、灰色收入颇多，也就不遗余力地拼了一把，好不容易拼赢了，却又偏偏遇上"打虎""灭蝇"这种高压态势，天天都胆战心惊地过着日子，生怕撞到苍蝇拍上。别说灰色收入了，就连自己的那点儿家底儿还要不停地向外倒贴——政府大小干部过事都要随礼，村里红白喜事都要找他张罗，哪一次他能空着手去？面子要紧哪！他现在天不怕、地不怕，就怕谁家过事，只要一听见炮响，他的头就大了，轻则一声叹息，重则就要破口大骂："今天谁家又在过事？简直把人给丧死了！这几年咋鬼事情恁多？"

妻子白了他一眼，说："不是事情多，而是现在人们爱找事情过！你说老人离世、房屋出水这些事不过不行，新婚嫁娶庆祝一下也无可厚非，可有些事情完全可以避免啊！孩子满月过了还要操办满岁，三十六过了还要庆贺四十八，升学宴、购车宴、参军宴、开业庆典宴、棺材圆盖宴、父母去世周年宴、三年换孝宴，甚至生病住院还要摆个宴席，你说这不是无事找事？礼金也年年水涨船高，过去五十、一百就能应付，现在一百就拿不出手了，关系好点的就得五张，至亲挚友没有千儿八百就没有脸面登门。一到腊月这日子简直没法过了！"

老叶心里微微一惊，他清楚自己的家底也快折腾得差不多了。

妻子又开始埋怨："人家当干部都有外快，日子肥得流油。咱们吃屎都撵不上热的，一分钱都捞不到，还当这个村长干啥？我看你赶紧把这个村长辞了！"

老叶像哲人一样对妻子说："凡事都要在黑暗中看到光明，在光明中看到黑暗。现在苦不一定永远苦。再说我不当这个村长就不给人家送礼了？"

妻子"呸呸"吐了两口唾沫，说："你还以为后面还会给你留下捞钱的空子？门儿都没有！你趁早死了这心。不当最起码比现在强，谁家过事就不会请你去给掌舵，这样免得耽搁工夫；你不当村长就可以不和政府那些干部往来，这一年下来就要省多少！"

道理是这个道理，可老叶说什么也舍不得辞官。他自言自语地说："万一不行咱也找个事情过过，把送出去的礼金收回来。"

妻子眼睛一亮，高兴地说："好办法，那就给儿子办个婚礼吧？"

老叶把头一摇，说："那咋行，结婚五六年了，孩子都两三岁了，还补办婚礼？"

"那就给你父母把坟重新翻修一下?"妻子又提议。

"都死了十多年,墓碑都立好了,还翻什么坟?传出去不怕人家笑话?"老叶不耐烦地说。

"那怕啥?"妻子不依不饶,接着说,"人家孙二喜的娘都死了二十多年,去年冬还给张罗换孝,事一过罢,门一上锁,还不是溜了?"

"人家是人家,我是我;人家比我脸皮厚,我好歹也是个桌面上的人!我就这么随便一说,你还当真了?"

妻子也怒喝道:"那你倒吊我胃口干啥?我给你说,你愿过就过,不愿过去球。我再提醒你一句,马上快换届了,小心你下台后把送出去的礼金全打水漂!"说完气冲冲地舀了一桶猪食,到猪圈喂猪去了。

她刚到猪圈门口,就发现母猪在不停地朝内圈叼麦草。她高兴地喊:"老叶、老叶,快来帮忙,母猪'拉窝'了,要下猪崽了!"

老叶也喜出望外,赶紧跑进猪圈。这一帮不要紧,我的天哪!母猪一口气产了十八只猪崽!

"破纪录了!"妻子高兴地说。

"破纪录了!"老叶也高兴地附和。

"好好庆祝一下!"妻子提议。

"是该好好庆祝一下。"老叶也信口答应。

"那我就好好张罗一下,顺便让文书在村子里好好放下风!"

"嗯?你是说过事?这合适吗?闹什么笑话呀?"老叶说。

"有什么不合适的?养猪是我们的产业!你作为一个村主任带领村民寻找致富的路子取得丰收好好庆贺一下有什么不妥?"妻子振振有词

地说,"再说,这不是一头普通的母猪,而是一头百年难遇的母猪王呀!不管你咋想,这个事我非过不可!"

老叶看妻子说得振振有词,也就没有继续坚持。事情,也就过了,而且过得相当隆重!那些以前有来往的人们纷纷前来还情,还有些没有来往的乡亲也碍不过一村之长的面子前来祝贺。光门前那红色的炮皮就堆了厚厚的一层!

夜晚,妻子也高兴地喝了几杯。待宾客全部散尽之后,她像才入洞房时那样把老叶的肩膀捶了一拳,娇声娇气地说:"你个瓜娃,不找个事过过能有这么多的钞票吗?"可在同时,他们做梦也没想到:全国各个网站正在滚动转播,各个朋友圈也在不断刷屏,说在举国上下都在进行"移风易俗"这种高压态势之下,一个村长为了收受礼金而搞的荒诞壮举实在让人不齿,那头披着红色绸缎的母猪照片看起来也十分滑稽可笑。

吃啊，把它吃回来！

老张最近一直纠结着。

自从吃了老李的一顿请，心里就一直有个疙瘩，仿佛吃的不是食物，而是一个永不消化的铁块儿。尽管他每次见到老李都会说那句"改天抽个空儿，咱哥儿俩好好聚聚，我请客！"可一摸这干得要掉烟沫子的口袋，明显地感到自己说这话时底气不足。

这天，他拉着孙子在河堤散步，又看到迎面走来的老李，想绕道是来不及了。寒暄几句后，老李又说要请他出去聚聚。他赶紧撒个谎，说："孙子要见他妈，我得赶紧给送过去。经常泼烦①你，不好意思。要不改天等你有空，我请你！"

"咱哥儿俩还计较什么？"老李笑着说，"谁请不都是一样的？"

"计较什么？"老张心里一惊，他明显地感到老李那种怪怪的表情，你老李是那种不计较的人吗？当年咱在一个村生活，你撒泡尿几乎都要用笊篱捞一下，现在居然能变得这么大方？看来，得赶快把这个人情给

---

① 泼烦：西北方言。意思是"打扰"。

还了!

  他在城里溜达了几圈,想要找一个比较像样儿的饭店,既要让自己觉得体面,又想价格相对便宜,使自己多得点儿实惠。可每一次他都是希望而出、失望而归。稍好点儿的饭店都实行套餐,最低都是六七百元一桌,就他们俩能吃完?找几个人作陪吧,找谁?自从蜗居到这个城市,现在认识的人还凑不够一桌,就连邻居见面也形同陌路,连个招呼都不会打,更别说其他人了!再说,他觉得自己和老李的这点儿交情还达不到这个档次,那天老李约他也顶多是个凑数的。多个人多个负担,都得花钱!钱!钱啊!唉,真是钱到用时方恨少!想想以前生活在农村,多好!挖几垄泥土,种几方菜畦,烧几壶杆酒,一家有客,全院子热闹,花不了几个钱,就能胡吃海喝一顿,日子过得跟神仙一般逍遥自在,多好!可现在,吃水要钱,烤火要钱,就连倒垃圾也要交钱!原来的土豪一到这里彻底成了土鳖!他越想越气,越气越想,最后狠狠地把孙子往老婆怀里一扔,睡了。

  天色微明,老张被一阵锣鼓声惊醒,他就忍不住想出来看看热闹。只见一群长长的游行队伍,打着一个什么"韩国"的牌子,打听后才知道是一家饭店开业,经济实惠,属自助系列,一人只需50元,就能胡吃海喝一顿,而且免费提供饮料酒水。老张心头的阴云终于打开了,他赶紧拨通老李的电话,说是今晚无论如何要在"韩国烧烤"这儿聚聚,并且把"韩国"这两个字说得特别重,他要让老李明白:这是一家上档次的餐馆,是"国际"系列的!

夜色微暗,华灯初上。老张兴奋地招呼着老李,面前的肉块儿堆得像座小山。老李说:"少来点肉,多来点素菜,肉吃多了不好。"老张笑着说:"没事儿",心里却说,"你个瓜瓜,有肉不吃豆腐,你连这个道理都不懂?再说,我花了一百元,不把它吃回来,我能心甘?一百元要买多大一堆肉啊!"他就一个劲儿地说,"吃啊,快吃,不要客气!吃烧烤,喝啤酒,爽!"待他们离席时,服务生客气地说:"先生你好,我们这里可以随便吃好、喝好,但绝不能浪费,你点的东西必须吃完,否则剩余的我们要按重计费——"

老张一惊,忙改口说:"谁说我不吃了?我要去趟卫生间!"

老张暗自思忖:奸商啊,吃烧烤让喝啤酒,这能吃多少?几杯啤酒就把肚子占满了!他多想再拉一点,好给肚子多腾点空间,可这肚子太不争气了!

他重新返回座位,要了一瓶白酒。老李说:"你能行吗?"老张说:"咋不行?吃烧烤,喝白酒,两头发烧,适合我这种胃寒的人啊!"好不容易把那些东西吃完,感觉已经堆到喉咙眼儿上。他还不解气,又要了一盘烤肉,在那儿慢慢地咀嚼着。睥睨地望了服务生一眼,仿佛在说:"你看老子能吃完不?没有给你浪费吧?"

酒，已有十分醉了。他独自一人在街上踉踉跄跄地行走，觉得这是他住进城里以来过得最幸福的一天。他很想大声吼两句秦腔，刚张开嘴，吃进去的东西一股脑地涌出，有的肉块儿还在街上乱蹦。

第二天，老张感觉肚子疼得难受，好像有人在拿锥子剜着一样，喉咙也像扎了一堆麦芒，开水喝了两水壶，还是没有什么好转，不得已跑到医院，医生诊断说："肠炎、胃炎、咽喉炎并发，住院一周！"

如此老乡

刚游完"世外桃源",刘全就拿起话筒对游客说:"秦川的朋友请注意,现在请把你们的身份证都给我,待会儿我们再逛一个购物点,这次去的是一家玉店,也是我们这次旅途的最后一站。不过我先告诉你们,在这个玉店里最好不要买东西,一来玉是贵重之物,真假难辨,说了不怕您笑话,我也不懂;二来据说这家店老板有特殊背景。至于什么样的背景,我也说不清,反正在这里我已经给您提醒过。到时如有什么差错,您就别怨我。"

这个刘全不是和珅府的奴才,而是一位导游。这家伙挺滑稽,会说会笑;皮肤黝黑,腿挺粗实,像两个圆柱,用他的话说,是在北京当导游跑出来的结果。初次见面,他就自我介绍,当他听说有一位游客名叫和珅时,便不分真假,"啪"的一声跪在面前,头磕得"砰砰"直响,说:"老爷在上,几百年不见,奴才这厢有礼了,在这里,老爷您只管吩咐,指东奴才不敢往西,让跪奴才绝不敢站着。保证让您游得尽兴、游得舒心!"一席话,把所有的游客逗得捧腹大笑,距离一下拉近了许多。

跨进玉店大门,一位中年男子就满脸堆笑地说:"欢迎各位宾客,里面请坐！我知道各位明天就要离开这里，该买的东西也都买得差不多了。"他似乎看出了我们的惊讶，就进一步解释说，"唉！现在搞我们这一行太难了，稍不注意，把旅游局的人一得罪，人家就不让导游把你们带到这里，这不，现在游我们这座城市的最后一个购物点是我们这里。虽然我们这家老板有特殊背景，但在中国，县官不如现管呀！人家不想搭理你，你再有背景也是闲的。俗话说，有钱戴金、富贵戴玉。买不买无所谓，我只给大家讲解一下玉石的一般常识就可以了。"

"也就是'洗脑'吧？"一位游客说。

中年男子和蔼地说："先生此言差矣。您最起码犯了两个错误，一是在这世间只能洗头洗脸不能洗脑；二是您低估了你们这些贵宾的智商，借我一生的智慧，我也洗不了您们的大脑！再说，我们这是正规的玉店，不是非法的传销。"说完哈哈大笑。笑了两声之后就开始介绍玉的种类、产地以及如何识别真假等，讲着讲着，突然停下了，问："请问在座的各位宾客来自何地？"

"我们来自秦川。"一位游客说。

"秦川哪个地方呀？"

一位游客信口回答说："蓝田的。"

这位中年男子惊惶地从椅子上站起，拱起双手，惊慌失措地说："不好意思，我在各位鲁班面前弄斧了，蓝田自古以来就是产玉的宝地，'蓝田玉'驰名国内，远销国外。我在这里却大言不惭地讲解，实在罪过！这样吧，请你们稍等片刻，我们老板也是秦川人，让他过来和你们叙叙！"

稍后，一位二十多岁的小伙子款款步入，身边有几位小姐"陈总、陈总"叫个不停。小伙子高兴地说："哎呀，幸会幸会！古人说的好啊，久旱逢甘霖，他乡遇故知是人生的幸事。没想到今天遇见这么多的老乡。小刘，你去给徐会计说，赶紧给导游把手续费结了，我和老乡好好聊聊。"

距离一下拉近许多。他就开始讲他的身世，父亲是部队的高级军官，母亲也是国家的高级干部，他自幼受过良好的教育，刚从新加坡留学归来。接着就讲在这座古城里发生的种种奇闻逸事，包括旅游路线的安排，导游的收入、提成之类。最后他用秦川的方言对身边的售货员说："你去到对门的饭店订几桌，我要好好陪老乡聚聚，一是我今晚有时间，机会难得；二是老乡们这也是最后一个景点，晚上喝几盅回去好好休息休息。秦川的乡党，个个酒量都大得很咧！在家千日好，出门一时难，我知道这里的饭菜是比较差的。"

"不用、不用，你的盛情我们领了。"

这个陈总沉吟片刻，无奈地说："那这样吧，既然你们实在不去，我就不再勉强。但我给每人送一颗'平安扣'，算是请你们吃顿便饭，请大家务必笑纳。"他似乎看出了游客的难为情，便笑着说："不要不好意思，这不值几个钱，全都是用碎玉做的。这点小东西在你们看来是贵重的玉石，而在我手里就是一块普通的石头，随便玩玩而已。到时我回老家，你们请我喝杯茶就行了。"

当他看到游客们在观看玉石枕头时，就笑着解释说："这是好东西，但枕这东西是有讲究的，就是男女不能同枕。因为男人具有阳气，女性是阴气,阴阳相撞,就不起作用了。我这里也有和你们买的相同的东西,你们买的最低可能是280元,我只收60元就行了。我只收点儿加工费,别的东西如果感兴趣,照样。"

一席话,同行的游客纷纷抢购,"和珅"对这种近乎"打劫"的做法有点儿看不下去了。他想,如果真的只收成本的话,这位老乡确实太够义气了,人家有情,我必有义,我们买得越多人家就亏得越大,这样做我实在于心不忍呀。晚上回到旅店,大家纷纷掏出玉石枕头就寝,在陈总那儿买的枕头不一会儿就开始发热,人们觉得有点儿上当,找导游,导游说自己有言在先,吃亏上当与人家无关。第二年,"和珅"又随四川省的一个旅游团来到这个玉店,同样又遇见了这位说自己老家是四川的"老乡"。

便宜拣大了

陈紫函接过收银员双手递过来的小票，欲转身外出，收银员面带笑容，非常和蔼地说："先生，按照您的消费金额，可以参加我们商场组织的一次抽奖活动，您是参与还是放弃？"

"呵呵，是吗？"陈紫函笑道。他本来对抽奖之类的活动不感兴趣，但一听到这甜美的声音，仿佛是泉水激石，就忍不住调侃道，"都有些什么奖品呀？"

收银员笑着说："那就看您的运气了。"

"不抽不行吗？"

"放弃是您的权利。"收银员笑着说，很甜，同样也很美，白皙的脸蛋儿泛起点点红晕，嘴角还露出两个浅浅的酒窝儿。

陈紫函还是忍不住把手伸进了票箱，信手抓了一张。

收银员双手接过奖券，小心翼翼地刮着。稍后，她尖叫一声，双眼睁得像两个鸡蛋，说："先生，您太神奇了！我简直不敢相信，您居然中了特等奖耶！您要知道，我们这个奖项的设置是万分之一呀！"陈紫函接过奖券认真一看，果然是醒目的三个字："特等奖"。难道果真就是古人所说的"否极泰来"？刚才麻将还输了一千有余，没想到在这里却捡到一块硕大的馅饼。心里有一种无法形容的愉悦，就像快要饿死的乞丐看见一碗热气腾腾的饭菜，他迫不及待地问："奖金是多少？"

收银员和蔼地说："先生，我们这里不兑换现金，就是你可以凭这张奖券在我们这里的珠宝专柜享受三折的优惠，购买多多，实惠多多。"

"哦，我明白了。"陈紫函说，"又是促销呀！"

"先生，您误解了，"收银员说，"我们这是为了回馈新老顾客而采取的让利行动；再说，我们这特等奖也只是万分之一，这一个月以来，您是头一个！先生，我真的非常佩服您，您怎么有这么好的运气？不信您看，所有刮过的奖券中，根本就没有特等奖，就连一等奖也是非常罕见。二等奖也是凤毛麟角。"说完，把一大堆刮过的奖券往柜台上一倒，好让陈紫函知道她说的绝不是谎言。

陈紫函还真有点儿信以为真了，说："不知这珠宝真假如何？"

收银员笑着说："先生，这一点您完全可以把心放在肚子里，我们这些商品完全来自正规厂家，所有的商品都已经过国家权威部门的认定，如有假货，卖一罚十！"说完，把一沓装订整齐的质量检测报告单递到陈紫函的手中。

陈紫函认认真真地瞅了一遍，生怕错过任何一点纰漏，这每张报告单上确实盖有国家权威部门的印章。可在这个假物横行，真伪难辨的时代，这究竟还有多少公信力？于是他就挑了一件价值三百多元的耳钉。心想：即使吃亏上当，顶多也就浪费一百多元而已。

收银员看他如此谨慎，就热情地鼓动说："先生，我建议您还是买贵重一点的物品，买得越多，实惠越多，毕竟，有您这么好运气的人不多。即使上千元的物品，打折下来也只有三百多元，上档次的东西您太太也肯定是喜欢的。"

这一劝，反倒把陈紫函的脑子劝得清醒了。他斩钉截铁地说："我还不买了呢。"索性把奖券揉成一团，扔在地上。

"小姐，我可以用他的奖券来代购吗？"站在一旁的一个小伙子笑着问。

"你们是一块儿来的吧？"收银员甜甜地问。

还没等陈紫函回答，那个小伙子就非常爽快地说了句是。陈紫函把那个小伙子看了看，本来想说两句，但话到嘴边，又咽回去了。

"按原则上说是不行的。"收银员说，然后她又非常机警地朝四周望了望，神秘兮兮地对他说，"既然这位先生在我们商场消费这么多金额，我就给您破一次例吧，出去可不准张扬！"说完，她就拿出柜台里的所有上档次的首饰，让这个小伙子自由挑选。

陈紫函觉得好笑。想阻拦，却欲而未止。小伙子挑了一件价值两万多的琥珀，装着非常熟悉的样子对陈紫函使个眼色，付了钱，吹着口哨走了。

陈紫函蒙了。觉得别人好像捡了他很大一个便宜，并且还是个陌生人！连一点儿人情都没落下，如果这些东西万一都是正品，自己岂不成了白痴？就对收银员说自己也要挑选一件，好给妻子作为生日礼物。

收银员非常难为情地说这事难办，他的奖券已被兑换，再兑一次自己是要丢饭碗的！

陈紫函就说刚才未征得他同意，是收银员私自做主让那个小伙子买的。如果收银员不同意，他就要找到经理来反映情况。

可不管他怎么说，收银员就是摇头，一再说一张奖券只能购买一次。

陈紫函急了，气冲冲地说：“就算只能购买一次，但也没有规定最多只许购买一件，我现在还没跨出大门，就算购买两件，难道不行？"

收银员长叹一口气，装着非常无奈地说：“大哥，你可以不相信我的人品，但你不能对我们的商品产生怀疑！我是看你对我没有一丝信任，所以才要坚持原则呀！"

陈紫函尴尬地笑笑，挑了一款非常时髦的白金项链，付了钱，兴冲冲地走了。

夜幕，缓缓地铺来。陈紫函觉得从来没像今晚这样舒坦。一会儿从盒子里把项链取出来仔细端详，一会儿又把它取出来放在手上掂掂。他自言自语地说："便宜捡大了。"第二天，他又到街上溜达，在一地摊上，看到了一款和他昨晚买的一模一样的白金项链，并且也有相同的质量认定书。问之，答曰：七十八元。他当时觉得大脑有点儿发晕，就朝商场那边走，在明亮的玻璃窗前，他看到昨晚那个小伙子正在和那个收银员在柜台前搭讪。

推 销

"无偿赠送——无偿赠送哎！只送前十名，送完为止哟！走过路过不要错过噢！"年轻的推销员一手拿着喊话器，一手拿着产品向接踵摩肩的行人大声喊道。当陈迈听到只限送十人时，便不由得加快了脚步。

"各位父老乡亲，各位兄弟姐妹，我是××电子按摩器制造厂的推销员。"年轻小伙把产品放在地上，掏出自己的证件向行人展示道，"我们这个产品在去年曾经获得国家'科技进步奖'，并且顺利通过ISO9002质量认证体系；我们今天展示的这款产品虽然不敢说是包治百病，但对于消除疲劳、治疗高血压、气管炎、风湿、类风湿等疑难杂症都有很好的疗效，是中老年人的理想产品，也是晚辈孝敬老人的最好礼物！"这个小伙不愧是个全才，说学逗唱样样精通，紧接着就模仿出一段"今年过节不收礼，收礼就收按摩器！"的广告台词，人群里竟然响起了噼里啪啦的掌声。

"啊？这么厉害？"有几个老年人惊讶地叹道。

年轻小伙得意地笑了一下，继续说："科技在进步嘛，说不定再过几年还能研究出长生不老的仙丹呢！在过去几年，我们厂每年都拿出几百万元人民币在电视上做广告，取得了良好的销售效果。但金杯、银杯不如老百姓的口碑，金奖、银奖不如老百姓的夸奖，老百姓说好才是真的好！所以从今年开始，我们转变工作方式，把在电视台上花的钱直接回馈百姓，开展大规模的让利行动，请消费者直接为我们进行宣传。因此，我们决定在这里免费赠送10台。我们一不要钱，二不要物，只要你回去说声好就OK了。"

围观百姓齐声说好。

"小张，"年轻小伙对他的助手说，"先给发放产品说明书，凭说明书到我这里领货；记住，只发10份，老弱病残者优先！"

"队长，还有几人要咋办？"

"十分抱歉，各位乡亲，我们老总有规定，在一个县城最多只送10台，如果以后您听说效果确实不错的话就可以在指定的商场购买，售价是498元，恕我不敢擅自做主。"说完，他还深深地鞠了一躬，并一再嘱咐以后购买一定要认准商标，购买正品。

没拿到说明书的乡亲悻然离去，领到说明书的乡亲如获至宝，觉得天上真的掉了一块馅饼，兴冲冲地站在年轻小伙面前，拿到以后就迫不及待地打开，想当场体验一下神奇的效果。这时年轻小伙又发话了："各位乡亲请注意，您现在还不能体验它的效果，因为里面没电。"然后尴尬地笑了笑，继续说："按摩器是我们厂免费送的，498元分文不收；但这电池不是我们厂家生产的，是我们指定的厂家进行生产，就跟汽车一样，一款汽车的不同配件都是来自不同的厂家。它是高科技大容量的离子电池，我们只收成本价49元，请各位老乡理解，当然您现在也可以放弃，一切都采取您的自愿——"

"放弃什么呀,人家把这么贵重的东西都送咱了,一块电池有什么舍不得的?"有几个人自言自语地说。有两三个人还担心一块电池不够,又趁机多买了两块。

当陈迈兴冲冲地把这个"白送"的按摩器拿回家向父亲炫耀时,父亲一言不发。良久,他父亲长叹一声,从抽屉里取出和这个一模一样的按摩器。

典型

　　王天佑多次向主管领导提出调动申请，说自己现在一是年迈体衰，没有能力跑这么远的山路；二是自己的老婆体弱多病，身边经常得有个人来照应，而自己的儿女常年在外，没有办法进行照看。主管领导不是说他教学质量太差就是说他以前品行恶劣，没有哪个校长愿意接收，迟迟不肯将他调离，让他一人在这荒山野岭的教学点上一蹲就是八年。

　　"不就是年轻时眼里容不下沙子，和那个日鬼弄棒槌的校长顶撞了几回，这也算是品行恶劣？教学质量差，主要是生源不行，能怪得了我吗？"王天佑在心里狠狠骂了一句。"既然你说我品行恶劣，那我就干脆来个破罐子破摔，看你能把我咋的！这年头的教育，不在乎你是否把学生教成流氓，只要不给教成死亡就行！"于是乎，他就三天打鱼，两天晒网。即使在校，也常搞"放羊式"教学，整天弄把椅子在教室门口一坐，想起来了就给教上两个字，想不起来他就晒他的太阳，学生玩学生的，把学生根本不当一回事。一些家长看在眼里，急在心里。偶尔上访，未果。无奈之下，只好舍近求远，把孩子转到异地求学。

　　"转走了好，都转光了，我看他还让我待在这里干啥？"王天佑心里窃喜。直到最后还剩三个学生时，王天佑如释重负。深深嘘了一口气,觉得自己似乎要马上离开这个蝇子不下蛋的地方,到环境较为舒适的学校任教。

这天中午,天气晴朗,是早春当中难得的好天。王天佑正在操场和几个学生玩"狼吃小羊"的游戏,恰好局长搞教育扶贫路过此地。看到一个教师只带三个学生,而且其乐融融,不禁感慨万千。上前攀谈询问以后的打算时,王天佑信口说了句"有娃我就上课,没娃我就看校"。局长顿时感动得热泪盈眶。多好的同志,多高的境界!这种公而忘私的执着与坚守,难道不值得我们学习?

局长决定树立典型。他相信,这个人物一旦推出,对自己的政治前途将有无可估量的推动作用。强将手下无弱兵嘛!眼看自己本届任期将满,需要在这个关键时候再为自己罩上几道耀眼的光环。于是联系县委宣传部门,让对王天佑好好进行采访,并且要求所有的稿件都必须经他亲自审核。

镇党委书记对局长的做法颇为不悦。这家伙,怎么不仔细调查就乱树典型?要树也得先和我通通气嘛,要不然有些知根知底的人物走漏风声岂不成为笑话?但转念一想,树出去也好,成了也是在我的领地,不成了也不是我们树的典型;加上我们这里正在搞旅游开发,出个典型人物也是一种很好的带动嘛!最起码人们都知道这个典型人物出自××镇嘛。

王天佑万万没想到会是这么个结果,前来采访的记者络绎不绝。他明白现在对他来说是红运将至,否极泰来。他隐约感觉到自己将会登上"CCTV感动中国人物"的颁奖舞台,让全国人民目睹这位最美乡村教师的风采。这天,他正在构思如何回答记者提出的问题时,没想到激动过度,血压升高,一头栽倒在讲台上,因抢救无效,驾鹤西去了。

局长再次深受感动：古有将领战死疆场，今有教师累死学堂。实在可敬可佩、可歌可泣呀！他要求所在乡镇的全体教师、学生都必须前往灵堂吊唁，并且人人都要痛不欲生，造成一个英雄难留、天地同悲的局面。在镜头面前，局长紧紧拉住王夫人的手，泪流满面地说："英雄离去，虽死犹荣。尊夫人一定要节哀顺变，有什么困难和要求尽管开口。"

半年后，局长升任市局，王夫人前来询问何时才能安排子女接班时，局长沉默半晌，说："我现在已经调离故土，有些事情鞭长莫及、爱莫能助。你还是找当地政府吧。"

电话泪

对她的钟情,缘于他的表妹。在即将毕业离校的日子里,鬼使神差,又让他结识了一位远房的表妹,在表妹的宿舍,他认识了她。从她的言谈举止中,他认为她确实与一般姑娘不同。她天生丽质,使众多青年仰慕不已。

那时,他已是校园里颇有名气的一位才子:篮球场上有他矫健的身影、辩论赛上有他犀利的辩词,在校园文学领域他更是一位才华横溢的健将。他不仅在学校的校刊校报上经常发表作品,在全国较有影响力的刊物上也有他珠玑般的文字。那时,上至博士生导师,下到一般助教,都认为他是一块含金品位极高的矿石,只要坚持锻造,不出几年,就会大放异彩。

他那颗激荡不安的心也照例被她俘虏了。有时一人静坐,他不禁懊悔不已,大学四年,咋就没有认识她呢?对文学钟爱的她也对他仰慕许久,只是素来交友慎重的她总是与他保持着一种若即若离的距离。这更使他那颗骚动不安的心荡漾不已。

第六感觉准确地告诉他:她对他也深怀好感,可惜他始终不敢向她表白。在离校联谊的最后一个夜晚,曲终人散、人去楼空之后,他狂饮数杯啤酒，鼓足勇气向她索要了电话号码，然后像一位凯旋的将军傲然离去。

当他找到一份称心的工作时，时值隆冬。一天中午，他迎着寒风，冒着雪花来到公用电话亭给她打电话。本来，他可以使用单位电话，但怕打搅同事，况且才跨出校门的青年内心或多或少有点儿腼腆。电话重拨了数次，对方仍无应答，最后悻然离去。或许，她出去了，他这么想。用点阿Q的精神安慰自己。

晚上回家，她习惯性地按了按来电显示，一组崭新的号码映入她的眼帘，她的心几乎快跳出来了！从区号上看，这正是他家乡的编号。对，是他，一定是他！她颤抖着按完这组号码。第一次，她失望了，第二次、第三次，仍然无人应答。好不容易盼到对方应答，确实个陌生的声音答曰：神经病，这是公用电话！

她的头像被泼了一盆冷水，他怎么能使用公用电话呢？她现在才依稀记起：他也曾告诉过他家的电话，只可惜当时没有记住。究竟怎么回事？或许，在他匆忙临走时将电话号码丢失，有好事者捡到而故意搞的恶作剧；况且，那夜他曾喝了那么多的酒。她这样想着、分析着。她认为，维系他们之间的一条缥缈的纽带已不复存在，愁绪向她疯狂地袭来。直到现在，她才发现自己对他也有一种强烈的好感，而这感觉怎么也说不清、道不明。

日子一天天过去，她对他的思念仍有增无减。那天，她坐在火炉边，认真咀嚼着他在校刊上发表的文字。毕业时的那种相对无语的场面不停地在她脑海里翻腾。这时，不识趣的铃声又刺耳地响了，她心烦意乱地瞅了瞅来电显示，区号竟和上次一模一样。一定又是骚扰电话！最近这种电话实在太多了。她提起听筒"哐当"一声扔在桌面。

他发疯般地在那边"喂喂"两声，心里最后一丝希望也随之破灭了！她竟不愿和我说话了。他又回忆起前几次电话，或许，她并未离家，只是不愿接听而已。他呆握着听筒，思想的闸门再一次无情地打开：是的，任何情感都是建立在一定的平面之上，一旦这个平面发生倾斜，都会土崩瓦解、不复存在——毕竟现在他们天各一方！

一晃二十多年过去了，随着他文集的增厚，他才清醒地意识到：苦痛的相思也是人生一笔难得的财富，任何人的际遇或许都是上天给你的特殊安排。他仔细回忆着他们之间所发生的一切，加上自己神奇的想象，扬扬洒洒的四十万字长篇小说《长夜》再一次轰动文坛，并应邀到各地进行创作交流。

她做梦也没想到，捧着的这么厚的文集原来竟出自朝思暮想的他！回忆着文中低沉的格调，斟酌着这个怪异的笔名，看着眼前这个熟悉而又憔悴的面孔，她的内心十分复杂——他其实也是她心中永远的痛！

他认为这次交流极不成功，尤其在互动环节他和许多读者都是答非所问，有时大脑甚至一片空白，呆头呆脑地坐在那里不知所云。待会终人散以后，他无论如何也不顾东道主的再三挽留，把笔记本朝提包里一装，就匆忙地奔入熙攘的人流中去寻找她。

"您还找我干吗？大作家？"她冷冷地问。

"我只觉得您太无情了，"他终于也说出了口，"以前给您打电话您老是不接，更令我痛心的是，您居然把听筒扔在一边！"

"你当时用的什么电话?"她迫不及待地问。

"公用电话。"

她像一尊雕塑静静地呆在那里,心如刀绞,鲜血直流。想着那部红色的电话机、银灰色的来电显示器,几个似词非词的文字蹦入她的脑海——电话泪。

冬日里的感动

当她发现自己随身携带的提包不见时,不由得出了一身冷汗。

她四处寻找,不见踪影。然后小心地问丈夫:"你见到我的提包了吗?"丈夫显然也吃了一惊,回答说:"没见到啊,难道丢了吗?"

她变得焦灼不安起来,脸通红通红的,像被油漆刷了一般。她知道,如果这个提包丢失,她将会面临什么样的困难:家里陷入困境不说,那么多的票据该怎么办呢?又该如何向领导交代?

丈夫看出了她的心思,安慰说:"不要急,好好想想,看是不是落在什么地方了?"

她努力思索,也想不出所以然。这时,孩子又撕心裂肺地哭起来。她想都没想,"啪"的一巴掌打在孩子屁股上,生气地说:"都是你,要不是你闹,能丢吗!"

孩子哭声更紧了,丈夫白了她一眼,说:"你打他有什么用?这能怨他?"

女人的怨劲儿又来了,说:"就怪他,要不是他闹,咱就在我妈那儿住一晚上了,不用大晚上的出来,包也不会丢了。对了,提包应该是落在出租车上了!"

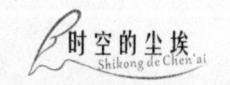

丈夫惊了一跳,他知道,如果丢在出租车上,那十有八九是找不回来了,坐车的人那么多,不知会有谁拿了去。但他还是对妻子说:"我出去找找。"

"你记得车牌号吗?"妻子问。

他摇摇头。

"你记得司机的模样吗?"

他又摇摇头。

"那你能找到吗?"

"试试吧,不试咋知道。"他带上门走了出去。

夜出奇的静,静得能听到他自己心脏跳动的声音;夜出奇的冷,冷得让他浑身发麻。这个时候,清冷的大街上,几乎没有行人,只有不多的出租车在街上穿梭。每过一辆车,他都向内张望,有位司机以为他要坐车,便把车停了下来。他不好意思地说道:"对不起师傅,我不坐车,我刚刚把提包落在了出租车上,我现在看看能不能找到那辆车。"

"你记得车牌号码?"

他摇摇头。

"你记得司机的模样吗?"

他还是摇摇头。

司机说:"那就有点儿难了,这样吧,我把出租车公司的电话告诉你,你让公司相关负责人给司机们发短信问一下,或许还有希望。"

他像遇见了救星,赶紧拨通了电话。一遍,无人接听;两遍,仍无人应答;他不罢休,接二连三地打,十几分钟后,电话终于接通了,那头一个迷迷糊糊的声音在说:"这么晚了,有啥事呀?"他赶紧把情况说了一遍。对方说:"现在太晚了,明天早上给你发吧!"

明天早上?明天早上黄花菜都凉了,他愤愤地想。但有求于人不好发作,只好无奈地说:"好吧!"

彻夜未眠,他一直拿着手机不敢放下,两眼死死地盯着手机屏幕,生怕漏掉一个电话。好不容易盼到天亮,这时,电话响了,一看,正是出租车公司的号码,他的心都快跳出来了。公司负责人告诉他提包找到了,并详细和他核对了包里的物品,然后对他说:"你来取吧,司机在这里等着!"

他欣喜若狂地跑到出租车公司门口,司机模糊的形象又渐渐清晰了:光头、圆脸。司机师傅让他一一清点了包里的物品,最后告诉他坐车的一些常识,比如上车后要记清车窗前的责任牌和车号。

他感激地点点头,然后赶紧将事先准备好的酬金塞进司机师傅的衣兜,司机师傅铁青着脸说道:"这是我的责任。"把钱推开后司机师傅消失在了茫茫的晨雾中。

尽管这是冬日的早晨,但他同样感受到了春天的温暖。

冬日里的温暖

　　十年前的一个夏天，由于工作需要，我出差去外地。火车缓缓停靠到一个站台，从周边的建筑物就可以看出，这是一个偏远而落后的小镇，房子参差不齐，没有一丝活力。正当我想象这个小镇的历史时，听到有人叫卖开水。我向那个声音望去，不远处有个十一二岁的少年提着茶壶在沿着车窗叫卖。正好我的嗓子有点儿干，于是向他招手示意，他看到后提着茶壶笑着跑了过来，黝黑的臂膀在太阳的照射下闪着光亮。我把茶杯和备好的钱递给他，当他拿过茶杯正准备倒水时，火车却启动了。这时，他愣在站台边，不知如何是好，最后，看着渐行渐远的火车，他无奈地使劲儿朝我挥了挥手。

　　茶杯没了，这让我难受了好一阵。并不是我这个人吝啬，舍不得这个茶杯。一个茶杯值不了多少钱，只是这个茶杯对我来说却很重要。它是我努力工作获得的奖品，是领导对我工作的肯定，是我继续奋斗的动力，不论走到哪儿我都带着它，可现在就这样没有了。我开始埋怨起那个少年，他应该是常年待在那个站台上的，他应该是对时间掌握得恰到好处的，为什么偏偏没把握好给我倒水的时间？

　　日子还是要往前走的，一转眼，十年过去了，我也把这件事忘到了九霄云外。

再次出差，又一次来到这个小镇，这次不仅仅是几分钟的停靠，我需要在这里住一天。十年前小镇萧条的景象已不复存在，宁静的小巷变成了繁华的闹市，参差不齐的楼房变成了高楼大厦，虽然现在是冬季，但却阻挡不住这里散发出的勃勃生机。

我信步踏进一家客栈，服务员热情地接待了我。

次日，我去退房。年轻的老板紧紧盯着我，我有些纳闷儿。过了一会儿，他终于开口了，问道："先生，请问一下，十年前您是否来过这里？""我在车站停留过几分钟。""您是不是在车站落下过一个茶杯？""哦，有这回事。"

老板突然变得异常兴奋，他乐呵呵地打开抽屉，从里面拿出一个盒子放在桌子上，他轻轻地掀开盒盖，里面居然放着一个茶杯，"您还记得这个茶杯吗？"我拿过来，仔细看了看，居然是我十年前"丢"了的那个茶杯。我惊讶地看着这个老板，他激动地说："先生，对不起，当时由于我的疏忽没掌握好火车开动的时间，我看到茶杯上面的字，知道它对你很重要，所以我一直保留着，希望能把它还给你，现在终于可以物归原主了。"

我的视线模糊了，紧紧握住他的双手。那个年轻少年的轮廓又清晰地浮现在我眼前。

孤立

张亿一心想要孤立郑健。

自从进入这个单位,郑健就没让张亿消停过:同干一件工作,郑健骚情的每次都要提前完成;同说一样的话,他总是要想方设法表达得委婉得体;每次在街上遇到同事,他总是比遇见自己的亲娘老子还要亲热,不知咋有那么多的臭话说不完。局长每次开会表扬他,张亿听罢心里就像被毛栗苞扎了一样难受!更要命的是现在自己暗恋的雪儿也对他有点儿好感!不行,得想方设法把他孤立孤立!

这个周末,张亿来加班。无意朝郑健的桌上瞥了一眼,发现放有一本墨香未干的《溪流》。这是本省一份重量级的文学刊物,素有"小人民文学"之美称。"神经病,整天都有忙不完的工作居然还有心思看这等闲书?"张亿自语道。就随手翻了一页,发现目录里居然刊载有郑健的一篇小说,顿时又醋意大增,"啪"的一声把书摔在桌上,心里嘀咕道:"有啥了不起?不就是会写点文章嘛,能当饭吃?!我才不读你的狗屁文章,更不会做你的铁杆粉丝!"可没过几分钟,他还是忍不住好奇,又把书拿来阅读。这不读不要紧,一读把他吓一跳!这家伙,胆子够大的!你写什么不行,为什么偏偏要写领导贪污受贿最后又被绳之以法的反腐小说?他仔细一回味,觉得小说里的主人公和局长非常相似:都是双手沾满油水,肚里装满坏水,见到美女就流口水，欺上瞒下妒贤嫉能的无耻之徒。再仔细一想，文中那个检举揭发的人也和副局长一模一样，正副局长之间的矛盾早已在单位闹得沸沸扬扬！更能激起群情鼎沸的是他把单位的所有职工写成麻木愚昧的乌合之众。哼，你小子简直吃了豹子胆了！他觉得上天终于向他睁开双眼，这可是一个孤立他的绝好机会啊！他赶紧掏出手机把文章拍成照片，上传到工作交流群里，嘴上激动地说："郑健啊郑健，你这是咎由自取啊！"可他还是假惺惺的在照片下边写道：我与高人为伍，请欣赏郑大作家的佳作！

周一清早，他提前半小时上班。趴在窗口偷窥人们的一举一动，看有没有故意疏远郑健的意思。可令他失望的是人们依然和郑健有说有笑，好像根本没发生什么！直到中午，局长才笑呵呵地走进办公室，大夸郑健是单位的才子，文笔流畅，生活底蕴丰厚，一定要厚积薄发，深入生活，创作出更优秀的作品！并一再说自己没有事先发现人才，以后有机会一定要把他放在合适的位置。

张亿被泼了一盆子冷水：局长就算不生气罢了，咋还能表扬呢？还要放在合适的位置？是不是故意先让郑健高兴高兴，然后再从背后下手？想到这儿，他赶紧尾随局长身后，看四周没人，小声问："郑健的小说真的好吗？"

"嗯！"局长肯定地说。

"那您，没觉得他另有所指？"张亿小心翼翼地问。

局长一怔，问了句："所指什么？说说看。"

张亿似乎明白了局长是让他把话说完，就壮着胆子说："他这是在含沙射影您呢，局长。"

"嗯?！含沙射影我，是你的意思吧？你就这点儿素质，还和我谈小说？"局长生气地说，"不懂就不要猪鼻子插葱——装象！即使他写我，对我也是很好的警醒嘛！"

"糊涂了！简直是糊涂了！"张亿在心里大骂局长糊涂，心想总有一个清醒的，于是不由自主地钻进了副局长的办公室。没想到副局长也正津津有味地读着郑健的小说，眼皮都没抬问了句："有事吗?"

张亿还是那句老话："瞧您看得那么专注，郑健的小说真的好吗?"

副局长说："当然！"

张亿这次更加直截了当，说："我咋觉得他是在讽刺您呢！"

"哦，我咋没觉得?"副局长说。

"那个举报的人不是和您一样，一直想扳倒正的做单位的一把手?"

副局长听罢哈哈大笑两声，忽然把桌子一拍，厉声说："心中有佛，口中说佛；心中有屎，自然说屎。这个道理我想你懂的。不要一天满心嫉妒、搬弄是非。我顺便再告诉你，尽管我和局长之间虽然有些矛盾，但那都是工作上的矛盾。我没你想的那样龌龊！"

在两个局长那都碰了钉子，张亿决定走群众路线，以排山倒海的群众力量来孤立郑健。这天，几个年轻小伙儿在一块喝酒，无意中又夸起郑健的才华时，张亿佯装长叹一声，说："看来郑健这小子真是说准了！"

"什么说准了?"一小伙问。

"那么浅显的道理你们都没看懂?"他见没人搭话，接着说："他把我们单位的全体职工都讽刺成一群麻木不仁的乌合之众，你们没看出来？真是愚昧啊！也难怪你们现在个个张口闭口夸他有才呢！"

59

酒桌上像死一样的寂静。他以为自己的话语起到触动作用，又鬼鬼地冷笑两声。

"你算了吧！"雪儿说，"谁不知道你葫芦里装的啥药？分明是不服气嘛！小说来源于生活，但能和现实生活对号入座吗？分明是你的想法吧？"

众人又都疑惑地盯着他，像是在盯一个外星人似的。

"悲哀，真是悲哀，悲哀啊！"张亿还是强装镇静，长叹道，"把你都写成骚狐狸了，你还在替他辩护？真是——"

话没说完，雪儿就把一杯酒泼到他的脸上。其他人也都愤愤离席。

这夜，月凉如水，夜黑星稀。张亿一个人坐在院子里纳凉。看见雪儿挽着郑健的胳膊从他眼前溜走，心尖子就像被刀戳了一样难受。"咕咚咕咚"吹了一瓶白酒，边吹边骂："想和这群乌合之众孤立个人咋就这么难？"

放电

  李强是越来越不想回家了。
  一是孩子每晚吵夜，有时一闹就到凌晨两点，严重影响他的睡眠。念书时就落下神经衰弱这个毛病，现在经孩子这么一闹，晚上就别想睡觉了。如此下去，身体咋能承受得了？二是引娃特别累人，别看那小东西没多重，可他在你的怀里一刻也不让你消停。稍不遂他的意，他就哼哼唧唧地闹个不停，你干着急不知道他想要干啥，难怪古人都说"宁抱千斤铁，不抱肉圪节"。更让他烦恼的是妻子不理解人，光知道他在单位大小是个头目，表面上看着光鲜，完全不知道他背后所受的罪。只要一下班，就把家里的活儿全推给他，让他没有半点儿空闲。开始他还能忍，可后来她居然把所有的活儿都积压着等他回来，难道孩子白天总不睡觉吗？所以他越来越害怕回家，只要一说出差，他就把头削尖去挤，即使不报销差旅费他也心甘情愿；只要一说下村，他比一般同志都还积极，并且每次都是早出晚归。有些眼睛活的同志以为他又要高升，想着法子和他套近乎了。
  梅子就是在这个时候走进他的世界的。那天，他刚把车开出政府大院，梅子说要同他一起下村。刚走几步，妻子来电话了，让他赶快回家给孩子换块尿不湿，她一个人忙不过来。他一听就来气了，但还是哑着嗓子说:"我今天下村,你将就换下,我一个人还不是经常换,难道你当娘的连这点手艺都没学会?"

妻子就发火了,说:"你天天下村、天天下村,你准备在村上过一辈子吗?"说完,估计在孩子的屁股上捏了一把,孩子"哇"的一声大哭起来。

李强对梅子说声稍等,就把车直接开回家去了。

孩子见到李强后,立即停止了哭声,脸贴在李强的脸上,竟然呵呵笑了起来。李强娴熟地把尿不湿换好,又给冲了一杯子奶粉,一切收拾妥当后,重新把车发动,朝双垭村疾驰而去。

"强哥,你真能算个模范咧!"两人沉默好长时间,梅子终于说话了。当然,她说的是真心话。

"别拿我开涮了。"李强说。说完他朝梅子看了一眼,发现梅子眼神火辣辣。他像触了电一样,赶紧注视前方,尽量让心平静下来。

刚拐一个弯儿,电话又响了。妻子说让他早点儿回来,别在村上磨蹭,等他回来给她和孩子做饭。怕李强不知这话的轻重,又补充一句,下午四点若不回来,他就不要进屋了。

李强朝梅子尴尬地笑了笑,觉得自己这个男人当得确实窝囊,传出去在单位有何颜面?他知道妻子还会没完没了地打电话,就把手机一关,放进衣兜里去了。

梅子原来一直以为在单位雷厉风行说一不二的李强在家肯定是个大男子主义者,没想到竟然这么勤劳。这不是窝囊,而是一种修养,只感叹好男人咋都让别的女人占去了。她对李强说:"关机也不是个事呀?那个村子即使地缝里都有信号,你回去不怕嫂子审问吗?"

"没有办法的办法，图个清静。让你见笑了。"

"我简直是对你有点儿崇拜呀！既上得了厅堂，又下得了厨房，能屈能伸，是个好男人。"梅子火辣辣地说，"你可以把手机电放了，到时回家就说手机没电。"

"咋放？"李强饶有兴趣地问。

梅子接过李强的手机，打开一个设置，对李强说："就这样，你看，电量一下快没了吧？"

就这样，手机的电放没了，他们两个也把电放到一块儿去了。

后来，他们就找各种借口出去放电，有时一跑就是整整一天。和梅子在一起，李强才觉得自己这多年简直是白活，世上还有这么能让自己充满激情的女人！妻子对他的变化也越来越生气，动不动就破口大骂："简直是奇了怪了，每次下村没电，每次下村手机就没电！你是专门不充呢还是遇见鬼了？怕引娃谁让你个狗日的结婚，害人害己！"

她越是吵得厉害，李强就越跑得欢实。反正他现在已经找到心灵的安慰了，只要受伤，就去疗伤。她的吵闹正好是他离家的借口呀！

这天深夜，妻子确实是忍无可忍了，狠狠地把李强骂了一顿，说："我就当孩子没有父亲，我这辈子算是没有丈夫。"最后又把他的东西扔到门外，说声"你滚"。

滚就滚吧，这世界离了谁地球照转！李强在心里激动地说，他赶紧通知梅子一块儿出去庆祝，把车开进一个没有人烟的大山，刚进第一个弯道，突然方向失灵，车子像一只鹰钻进山沟。他们赶紧掏出手机准备求救，可偏偏电放完了。

反思

高凤仙越来越觉得自己活得窝囊。挑了多年选了一个对象,本以为凭借他的才华,在政界能有一番作为,将来能跟着过几天风光的日子,可这死鬼偏偏不务正业,不把才华用在正路上,只顾写一些讽刺小说。最后让领导对号入座了,一心想把他挤出政府,恰逢教育界缺人,领导就说他书卷气太浓,不适合搞行政工作,就名正言顺地让他教书去了。并且还冠冕堂皇地说好钢就要用在刀刃上,在教育界多培养几个人才比待在政府强多了,是龙就要放在海里,这样才能不被束缚。说不定再过几年能成为一个文学大家,你到时可要好好感谢我呀!她当时都听出讽刺味儿,恨不得找个地洞钻进去,可这死鬼还高兴得不行,感慨自己误入尘网太久,现在终于有一方净土了。真是不知轻重啊!当老师有啥好?整天跟一帮学生瞎混,接触面太窄,有啥前途?算了,既然他不思进取,还是自己好好努力,总不能两口子都让人瞧不起吧!

想到这里,她就给不到一岁的婴儿断奶,用命令的口气对丈夫说:"从今以后家里的一切就靠你了,你教书,闲时间多。"丈夫疑惑地问她要干啥?她说申请驻村了。丈夫问她有没有搞错,有几个女人出去驻村。她说正因为人少才显得稀奇,物以稀为贵嘛。丈夫说:"当个领导真的好吗？你的官瘾就那么大吗？"她说："无限风光在险峰。你不亲临大海，咋知道海水的狂澜；你不去攀爬山巅，咋能领略到景色的旖旎。"丈夫说："罢了，罢了，就你那点儿能力还想攀爬山巅，别到半山腰就给累趴了。你先看看你的年龄，有优势吗？再看看你的学历，能给你镀金吗？还是好好经营家庭，家庭才是你唯一的归宿。"她说句"你不懂"。丈夫说："正因为我太懂了，才把一切看得太淡。你以为领导就是那么好当的吗？当上领导就其乐无穷了吗？其实领导还没有我们这些普通人活得逍遥、活得舒坦！"

在村上待了两个多月，各项工作还是没有理出个头绪，一个五保户病了，她连夜雇了一个司机送到城里，顺便回到家里住了一宿，孩子像个陌生人似的望着她，脑海里没有一点儿印象。她勉强把孩子抱到怀里，孩子就"哇"的一声哭了，惊恐地望着他爸，接着就在她怀里拳打脚踢，把她惊惶得不知所措。她的心酸溜溜的，有一种说不出的滋味。丈夫把孩子接过去，讥讽说："你还是好好攀爬你的山峰吧，我可不敢影响你的前途，希望你越爬越高，爬得高，摔得重。"说完转身把孩子抱进卧室，"砰"的一声把门关了。

两年的驻村生涯终于结束了，那里面的酸甜苦辣只有她一个人知晓。尽管村子没有发生多大的变化，但高凤仙还是费了九牛二虎之力给当地百姓办了一些实事。她满以为给自己积攒了一点儿政治筹码，在晋职提干上能比别人略胜一筹。可计划总是赶不上变化，组织在提拔方面又不过分要求这一条了。她不但没有得到提拔，反而让王凯钻了空子，调到她们单位当领导了。她内心刚刚升起的一团火焰被一瓢冷水给无情

65

地泼灭了。这是个啥货嘛，斗大的字认不了两升，是他父亲一手把他塞进部队，复员后给弄了份儿工作，念个文件都结结巴巴，更别说干其他事情了。这她还能勉强接受，毕竟现在的人事，多数都人浮于事嘛！有才能的人未必能得到重用。可唯一让她感到尴尬的是，这个王凯当年曾死皮赖脸地追求过她，她为了拒绝让他没少受侮辱，现在人家似乎觉得春风得意，迟早在她面前表现出一种不可一世的样子。她知道这是权力的魔力，能让一个病入膏肓的人起死回生。但如果让小人攥住，这就非常危险了。为了减少麻烦，她在工作上就倍加小心，无论分内分外，她都出色完成。可她越是小心，这个小人就越张狂，处处挑她的刺儿，让她在众人面前非常难堪。她把这一切都归咎于丈夫的无能，妻凭夫贵嘛。要是他强大了，谁还敢在她面前撒野？

一想到这里，高凤仙对她的丈夫是又气又恨。她每天在家吊个脸，好像谁欠她老几辈的债一样。心情稍好一点儿，就对丈夫哼上一声；心情不好了，就在家里摔盘子扔碗，把家里整得鸡犬不宁。开始丈夫还能忍让，觉得一个文化人和女人计较有辱斯文。天下唯小人和女人难以伺候。没想到他的忍让反而让妻子觉得他懦弱，在家里就更肆无忌惮了。张嘴骂爹骂娘，闭嘴羞辱姊妹，即使长眠于地下的祖先也被她骂得体无完肤、不得安生，他忍不住还上两句，这一下战火就迅速升级，把房前屋后都吵得鸡犬不宁。他觉得家丑已经外扬，也就索性不再顾忌斯文，和妻子畅快淋漓地干了一仗。

一日，王凯东窗事发，被纪委带走。高凤仙觉得自己要时来运转，在工作上就更上心了。一是她觉得自己这几年有群众基础，扶她上台是众望所归。二是她这几年在领导心目中有着很好的印象，就凭这几年忍辱负重、兢兢业业地干活，这个位子也非她莫属了。可富有戏剧性的变化是，这次根本没在本单位提拔，而是从上边空降一个，压根儿就忽略了她的存在，令她百思不得其解。这夜，她思来想去无法入睡，望着窗外明亮的月光，几缕哀愁涌上心头。她拨通了领导的电话，领导还没等她开口，就直截了当地说："小高呀，这次我也一直在跟上边积极争取，并且在常委会上我也力排众议，可人家都说一个连家庭关系都处理不好的人，还有什么能力来处理单位上的复杂事务？这一点你要好好反思呀！"

考 验

从万山大叔家离开，小李就有点儿忐忑不安。

尽管他知道万山大叔憨厚老实，不会在背后说人坏话，但他确实老了，有时难免有犯浑的时候，万一别人再给扇点儿阴风、点儿鬼火，他就不一定会完全按照你做的去说。扶贫攻坚，政治任务啊，虽然他的各项工作做得非常实在，自以为能禁得起上边的检查，但是一旦在调查组跟前说错了话，那可不是玩儿的，弄不好得吃不了兜着走！不行，我得考验考验他。这么一想，他就借别人一部手机，拨通了万山大叔的电话，撇着比较陌生的话问："你好，你是万山家吗？"

万山大叔在那边嗯了一声。

"哦，我们是市扶贫攻坚领导小组办公室的工作人员，向你了解一下情况。"

"哦，领导您好，您请讲。"万山大叔恭恭敬敬地说。

小李强忍着没笑出声，继续问："你们那里的扶贫攻坚工作做得实在不实在？存在不存在瞒报、谎报的现象？"

"不存在，该落实的都落实了。"

"包帮你的干部叫什么名字？是不是经常到你家了解情况、出谋划策、排忧解难?"

万山大叔毫不犹豫地说:"每隔两天就会过来一次,帮我生产、挑水担柴,比我儿子待我都好。他姓李,叫李大伟,在镇党政办工作。"

小李满意地点了点头,又问一句:"你这样回答是不是他教你的?"

万山大叔委屈地说:"好我的领导嘞,我是三岁的小孩儿吗?还要让别人教着我说话呀?!我这是实话实说。"

小李高兴地笑了两声,说了句:"大叔再见。"麻利地挂了电话。

万山大叔在最后才听出小李的笑声,心里有种怪怪的感觉。他叹了口气,说:"唉,这孩子,咋就这么不放心人呢?"

一颗悬着的心终于落地了。

一天下午,小李准时下班后,看见几个同事还忧心忡忡地在办公室交谈,他也跑去凑个热闹。一个同事问:"小李,你整天无忧无虑,就不担心你的帮扶对象在后面胡说?现在的贫困户,不好伺候啊!"

小李胸有成竹地说:"那怕啥?我早就考验过了!"

"考验过了?怎么考验?"同事饶有兴趣地问。

小李又像上次一样演示了一遍,对方的答复居然和上次一模一样。

同事们个个听得瞠目结舌,把拇指竖得老高,非常崇拜地说小李真能行,人小鬼大啊!

小李被吹得有点儿虚飘了,骄傲地说:"搞工作,不多点儿心眼不行,不多动脑子不行。也就是咱们关系好,一般人我还不告诉他呢!"

万山大叔在最后又听出小李那得意的笑声,觉得自己又被愚弄一次,忍不住骂了声:"狗日的王八犊子,咋就恁不相信人呢?"他坐在门墩儿上咂一锅旱烟,把烟袋锅在门槛石上磕得"啪啪"直响。

这天中午,阳光煦暖,万里无云,是早春中难得的一个好天。万山大叔正在地头劳作,市扶贫攻坚领导小组打真的电话走访了!一接通就问:"你好,我们是市扶贫攻坚领导小组办公室,请问你们那里的扶贫工作是否做得实在?"

万山大叔以为又是小李在戏弄他,生气地说:"不实。"

那边又接着问:"帮扶你的干部叫啥?是否经常去指导你生活生产?"

万山大叔又生气地说:"不知道,我从来没见过!"说完就把电话一挂,装进衣兜,"吧嗒吧嗒"咂一锅旱烟,鞭子一扬,继续吆牛犁地了。

等 待

人们都在焦急地等待着。

在这个每天都有上百万流动人口的车站，排队入厕的队伍比售票窗口还要拥挤，还要热闹！

一听到里面"哗哗"的水流，靠近门口的人就像刚刚吸食过鸦片一样兴奋，赶紧把腰带松开。一旦门板有点儿响动，就比运动员在起跑前还要警惕。好不容易等到小门儿一开，他就像出膛的子弹，提着裤腰，一个箭步冲上去，生怕后面有人抢先，再麻利地把那扇蓝色的小门"砰"地一关，畅快淋漓地在这不足一平方米的地方尽情地享受——

留黄毛的小伙子一看自己落伍，骂了句"倒势"！看看手表，拎着行李，嘟嘟囔囔地走了。

人们仍在焦急地等待着。

每一次小门儿打开，都会重复同一个镜头，演绎着同一个故事。

穿红衣服的小伙子急坏了！

眼看其他的几扇小门都开了好几次，唯独他站的这个门却一直不开！既听不到里面流水，又听不到里面有任何响动。门，严严实实地闭着。他踮了踮脚尖，使劲向里张望，无奈自己个子稍矮。他举起手，做个敲门的姿势,后面那个戴眼镜的人说话了:"小伙子,要尊重他人,要懂礼貌!或许,这人便秘。"

"便秘?!"红衣服的年轻人嘟囔着,"你没看他在里面待了多长时间?"

"反正你要懂得尊重他人,这是我们的传统美德!"戴眼镜的人继续说,尽管他也觉得自己快要坚持不住,可他还是想要把话说完,"假如你在里面遇到个肚疼什么的,别人在外催你,你是什么感受?!人都是需要换——""位思考"这三个字还没说出口,他就觉得自己肚子里有一股气在到处游动,他用手在腹部慢慢揉了揉,肠子里面咕噜噜直叫,"扑哧"一声,他赶紧就地蹲了下来。

"肠炎把人害苦了!昨晚也没多喝几盅。"戴眼镜的男人自言自语道。他不是一般乘客,而是这个车站的站长,昨天上级领导前来检查工作,说是调研一个什么项目。顺便把他表扬了一下,他一高兴,就跑到车站各个地方转悠。如果不是肚子难受,他可能根本想不到要来这个地方,现在看来:这里的确需要再建几个像样的厕所了。

穿红衣服的小伙子被说得不好意思,红着脸,低着头,默默地走了。

车站站长仍在焦急地等待,不时地抬起手腕,看看自己等了多长时间。

后面的人更加焦躁不安,有的忍不住破口大骂。车站站长觉得有损车站形象,就一个劲儿地劝阻,让大家安静一下。

一个小伙子实在等不及了,看样子像是一个落魄的民工,忍不住上前把门"砰砰"敲了两声，里面没有任何回音。车站站长面带愠色地说："就你急！"

小伙子被他这句话惹急了，索性吼了句"少管闲事！"一脚把门踹开，由于用力过猛，小门反弹了几个来回。

所有人都惊呆了：里面除了一个白花花的蹲便器，连个人毛都没有！

车站站长愣了片刻。稍后，他回过神，一边掏出手机，一边急匆匆地朝外小跑——

庆生

老薛特别喜欢过生日，每年过生日都要请些哥们儿弟兄在一块儿庆祝，据说是老祖先流传的规矩——多几个朋友能添福添寿。

以前在党校脱产学习的时候，每到生日这天，他都要把几个要好的朋友叫在一起，胡吃海喝一顿，酒足饭饱之后再溜达一圈儿才觉得过瘾。现在回来提了干了，每到生日来临的时候，内心总要纠结好长一段时间：本想好好庆祝一下，可一想到自己头上还有父母大人，也就只好作罢。要知道，父母大人健在大肆铺排生日是最大的不孝！传出去更是让人笑掉大牙的话柄。可若不好好庆祝一下，老祖先说过庆生的人数比上一年减少就会折寿，以前老祖先每年过生日的时候都会把上一年的礼簿拿出来进行比较，若发现哪一家第二年没来，他就会在心里怨恨人家很长一段时间。唉，啥都是老祖先说的，谁让自己以前要喊些狐朋狗友在一块儿胡吃海喝呢？就在他进退两难之际，父母大人都知趣地在同一年里撒手归西了！他虽然面色沉重地把父母的丧事料理完毕，但内心也或多或少有一丝淡淡的喜悦：现在头上的天没了，总该可以名正言顺地过生日了吧？

这可难为了这些哥们儿弟兄。以前在一块吃吃喝喝，纯粹是为了好玩儿，给他增添点人气。可现在不同了，人家名正言顺地庆生，你总不能再空着手去蹭吃蹭喝吧？再说，都是挣钱的人，不能显得过于吝啬。可话又说回来，你老薛心里也该有个数，总不能年年都这么过下去吧？光给你随的份子，这么多年累积下来也不是个小数目了！我们挣钱比较容易，可乡亲们挣的都是血汗钱啊！难道每年也要跟着在一块儿受褡裢罪？不行，得想个办法把你好好治治！

这年，老薛又在张罗着过生日。孙振高说："老薛，你今年不用费力，我们到时给你好好庆贺一下，何必在家大动干戈？你才五十多岁，如此扰民，群众不满呀！"老薛惊愕地问："我过我的生日，扰他们什么了？"孙振高说："你是真糊涂还是装糊涂？你说你在家这么大张旗鼓地准备，乡亲们来还是不来？说来吧，现在人情份子多如牛毛，多个事情多个负担；说不来吧，都是乡里乡亲、左邻右舍的，面子上过不去，你说是不是？"老薛觉得言之有理，就叮嘱了一句："那就还是那些哥们儿弟兄，你要好好联络，一个不能少！"

生日那天，哥们儿弟兄确实把规格给准备得很高，在五星级饭店订餐，喝的是国窖1573，兄弟们轮流给他敬酒，一口一个生日快乐把老薛说得笑容满面。快到尾声时，孙振高的电话响了，他慌慌张张地跑到门外，对他们说了句"你们慢用，我有点儿急事"就匆匆离席。最后都喝得半酣，一哥们儿弟兄惊叫道："坏了！"老薛不高兴地问："啥事把你急的，不准说不吉利的话！"这人就说："我们哥们儿几个准备招待你的钱让他给拿走了！"老薛呵呵一笑，说："不就是几个钱吗？我出不行？喝酒喝酒！我图的是热闹！"

哥们儿几个觉得老薛绝对是口是心非，一个子儿没捞着，反而花那么多钱能不心疼?!这一折腾肯定要歇息几年,好让我们消停消停。可令他们没想到的是,第二年老薛还是照样张罗过生日。哥们儿几个个个瞠目结舌,孙振高说:"他不心疼钱财难道不心疼身体吗?我们今年再好好把他戏弄一番,看他来年还要不要庆生!"说完就对其他几个弟兄耳语一阵,他们听罢个个都拍手叫绝。

还有五天老薛就要过生日了。这天下午,孙振高提着一串鞭炮,双手递给老薛一个红包,老薛有点儿莫名其妙,孙振高说:"老哥,实在对不住你,我老婆明天要去三亚旅游,非得让我陪同,这一走就一周后才能回来。可我掰指一算,你老哥的生日我岂不是要错过?可这过生日老祖先遗留的规矩是不能补,我就提前来庆贺了!"老薛高兴地说:"你的事是大事,我这小事就不要记在心上了。"然后在鸿运酒楼订了一桌,哥们儿几个自然都来陪同,把老薛灌得酩酊大醉方才罢休。

第二天,又一个哥们儿弟兄来说临时有事非得提前庆祝,老薛又自然重复了头一天的故事。

第三天、第四天、第五天,天天如此,老薛依旧每天都在鸿运酒楼热情招待。最后一个哥们儿见老薛实在招架不住,就说:"老哥呀,只要我们哥们儿感情在,何必要喝那么多呢?"老薛迷迷糊糊地说:"你说这话就见……见……见外啦,宁伤、伤身体,不伤感、感情!我老薛就是这么个人!"

生日那天,照样举行得非常隆重。老薛脸色苍白,佝偻着身子在每一桌轮流敬酒陪酒,刚敬过半,就跟跟跄跄一个跟斗栽倒,接着被迷迷糊糊地送进了医院。

笨石头

石头姓孙，出生时刚好十斤，一两不多、一两不少，父亲就简简单单把他的乳名叫作"实娃"。不知是什么原因，他出生后三天两头总是生病，父亲就左思右想，把"实娃"改成"石头"。言下之意是石头不怕天寒地冻、风吹雨淋，一直会与日月同辉、天地同在。

超大儿脑笨，这话在石头身上应验了。也许是他在娘肚子里身体发育得太好，所以才导致大脑发育比别的孩子少根弦。在那个缺吃少喝的年代，哥哥每次抢先把自己碗里的饭菜吃完，然后把剩汤剩水倒进他的碗里，再连哄带骗把石头碗里的饭菜往碗里拨，还一个劲儿地说："喝汤汤，长壮壮。哥心疼你才这么做。"石头也不计较，每次都让哥吃稠的他喝汤。一次两次的父母都没有注意，时间长了，母亲就有点儿看不过眼儿，操起一把刷子就朝他哥的头上打，边打边骂："你这个短命的，难道是'饿死鬼'转生的？"他就麻利地把哥哥挡在身后，对母亲说："哥哥人瘦，要多吃稠的；我喜欢喝汤，喝汤有味儿。"母亲长叹一声，把刷子扔到灶台后，心想娃的心眼咋就这么老实，若以后我们不在人世他将如何生存？一想到这些，她就独自一人坐在灶屋默默地落泪。

后来哥哥娶了一个漂亮媳妇，嫂子看不惯一大家子人在一块儿吃喝拉撒，更不愿意让一个光吃闲饭的石头上学，就一个劲儿地在家里寻事吵闹，稍不顺心就摔盘子打碗，把安安宁宁的一个家庭给搅和得鸡犬不宁。父母实在看不过眼，就主动提出分家另过。嫂子就以父母撺他们出门为借口，在分家时专门挑选好田好地，把那些蝇子不产卵的土地扔给石头。不承想傻人有傻福。没出几年就勘探出这里有矿，石头的土地被征收建成选矿厂了，他不仅获得了一笔丰厚的占用补偿款，而且还被招进厂子当了工人。哥哥的红眼病又犯了，在一个月明风清的夜晚，他跑来又给石头上絮子，连哄带骗地问："好石头，我们是不是亲弟兄？"石头点了点头。哥哥又问："你那块田地是不是我父母分给你的？"石头又认真地点点头。哥哥笑着说："父母是我们共同的父母，你得到的补偿金是不是也该有我一份儿？"还没等他把话说完，父亲就顺手脱了一只臭鞋朝哥哥打去，劈头盖脸地骂道："我从没见过你这种厚脸皮的人，吐出去的唾沫能舔得回来吗？"石头就对父亲说："我们是亲弟兄，你不是经常对我们说弟兄之间要和谐相处吗？我捡一个工作也就不错了，补偿金还是给他分一半吧！"父亲一连说了几句"笨石头"，趿拉着拖鞋进屋睡觉去了。

  村子有矿，干部自然就有油水。哥哥一看那些干部整天牛皮哄哄，就削尖脑袋往这个阵营里钻。经过一系列的努力，各项工作已水到渠成。在选举那天，监票员意外地发现石头在选票上填写别人的名字，就疑惑不解地问："你咋不选你哥？"石头说："他心不正，不能当。"监票人笑了，说："你个瓜逼，朝中有人好做官。你哥当了村主任，给你弄个贫困户应该没问题吧？""我有工作。"石头一字一句地说。监票员更有兴趣了,戏谑道:"你那算个什么工作?还不是给人家私人打工?与农民没什么两样!要不是你心眼瓷实,咋可能从检验的岗位给弄去看大门?小心再过一两年连大门也不让你看了!"石头急了,说:"我有胳膊有腿,当贫困户干什么?"监票员无趣地说:"罢了罢了,不识好歹的东西,油盐不进啊!不过我还是会为你保密的。"石头不屑一顾地说:"当我哥面我也敢说!"

哥哥终于如愿以偿,日子自然也就过得风生水起。嫂子也一天比一天打扮得更加漂亮,走起路来也把屁股扭得老高。在一个漆黑的夜晚,村子里的村民猛然发现哥哥家的门口停着几辆闪烁着警灯的警车。接着就听见他父亲在不停地拍打石头的门窗,大声喊:"你个狗日的东西,咋那么没心眼,他不管咋地也是你的亲哥呀!"

真没想到

  向来以实干著称的贾飞到子鸟学校去接任校长时，倍感责任重大。摆在他面前的一系列难题亟待解决，你看：校舍千疮百孔、破烂不堪；外债数额巨大，账面资金入不敷出；教学质量连年下滑，连续几年被上级亮出"黄牌"；校群关系也极度恶劣，周边群众经常到校寻衅滋事。上任伊始，他确实有从头收拾旧山河的豪迈气概，可千头万绪的"烂结"就把他的梦想打得花飘果零。

  痛定思痛。贾飞茶不沾、饭不思地沉思几日之后，终于制定出一套"脱贫"起飞的方案：首先从校容校貌入手，力争使"破庙"挂新颜。他风尘仆仆地四处奔波，搞资金、拉援助、跑项目，再加上学校教职员工的共同集资，不出一年，一栋现代化的教学大楼拔地而起，那栋破旧的宿办楼在能工巧匠的精心装修下也散发出古代建筑的独特韵味。飞鸟相啼、绿树成荫，昔日那破庙般的校舍已不复存在，新盖的大楼在旭日的照耀下熠熠生辉！

  贾飞认为这是他的第一部得意之作，更是学校发展史上浓墨重彩的一页！他决定：现在的工作重点必须转移到提高教学质量上。质量是关键，一俊遮百丑！于是乎，三日一小会，五日一大会，统一思想、提高认识，制定出翔实的管理制度，再认真修改过去的考核细则，把教学质量与经济利益、评优评模、职称晋升和竞争上岗相挂钩，全面打响质量提高攻坚战。全体教师在他强有力的领导下都心朝一处想，力往一处使，很快就形成了一片苦教乐学的大好局面。

贾飞被眼前这种美好的局面陶醉了。是呀，扪心自问，他没有辜负党和人民的重托，没有藐视那些求知若渴的眼神，把一个千疮百孔的烂摊子收拾得井井有条，为山区的教育事业添了砖、加了瓦，尽了一个共产党人应尽的责任。他觉得自己也能在大庭广众之下挺起腰板、昂首阔步。他开始构思明年在全体教师会上的先进经验交流材料。他坚信：只要抓住这两条主线不动摇，一切困难都会迎刃而解。这日，他突发奇想，打着发掘优秀人才的旗号，让每位年轻教师即兴写作，题目是：真没想到。

该校真是藏龙卧虎，年轻教师人人都八仙过海、各显神通。他们冥思苦想、精选题材，一篇篇文章挥洒而就、一气呵成。可贾飞的眉头却是越皱越紧。最后，他把手中的一篇文章高高举起并放声大笑，对王一鸣的作品赞不绝口，大夸其选材精当、构思奇特，真是不鸣则已、一鸣惊人哪！随后破格提王一鸣任年级组长，让全校教师都要向他学习，学习其先进的思想性、敏锐的洞察力，最后建议将文章好好打磨，修改好后向市报投稿。

王一鸣同志一时红得发紫，各种耀眼的光环纷至沓来。即使工作失误也能得到贾飞的庇护。众同事迷惑不解：王一鸣本身就是一介武夫、草莽一个，根本不是挥毫泼墨之徒呀！多次取经，王一鸣却谦虚地只字不提，只说自己的文章太嫩，在同事面前卖弄无非是班门弄斧。想在市报上目睹其大作，可编辑却吝啬地迟迟不肯将其变为铅字。直到一日学校聚会，同事把他灌得昏迷不醒，问之，答曰："我……我是赞……赞扬学校的各……各项工作在贾……贾校长的领导下，所取得……得……得各项成绩真……真……没想到……"

一个被吓破苦胆的校长

　　双河县的李县长最近确实觉得为难。自己的外甥女好不容易考到他主政的地盘工作,身份总算解决了,可往哪个学校分配呢?按姐姐的意思是想留在县城,各种条件都比较优越,将来找个对象也比较方便,可他怕给自己的对手留下把柄。现在是他升迁的关键时期!留在乡下吧,可是有点儿于心不忍:毕竟姐姐就这么一个心肝宝贝。自从爹娘去世以后,姐姐就一手把他拉扯成人,难道连这点小忙都帮不了吗?那以后还有什么脸面见自己的姐姐?思来想去没有一个万全之策。还是教育局长比较聪明,对他说干脆就分到集合镇吧,这里的各方面条件都不亚于县城。再说,年轻人总要锻炼锻炼。他想这样也好,只要我在这里主政,以后还有的是机会。

　　集合中学的魏校长最近也愁得不可开交。他现在才觉得条件好也有条件好的难处。开学已过一周,课程始终分不下去。一是学校住房紧张,有的教师动不动就拿房子来要挟,没有房子就别想让我肩挑重担;二是这里会安排一些"皇亲国戚",个个都是老虎的屁股——摸不得,安排课程的时候,个个都来要求照顾,要求少代课、代副课,这样一来,其他教师就不高兴了,认为他处事不公,典型的奴才嘴脸,弄得他里外为难;三是全校"闻名"的两个班级始终没人接手。都知道一旦接了这两个班，就等于交上了霉运。什么先进、优秀都会与之无缘，更别说是职称晋升了！正当他如热锅上的蚂蚁时，又听说给加派一名特岗教师，并且是从外县招考而来，这简直是喜从天降呀！他想这位姑娘在这里可能没有什么特殊背景，要不然就留在县城了，还分到这里干啥？大不了是外县的领导为了给自己的亲戚帮忙而搞的一次"曲线运动"，过上两年就打道回府。这种现象如今太普遍了！这不正好解决自己的棘手难题吗？为了避免夜长梦多，他让教务主任赶紧安排课程，不给这位教师留下任何回旋的余地。再说，能把她安排在这里也算是给足面子了，她还有什么理由挑剔呢？至于住房嘛，他脑子里又把所有教师的"背景"过了一遍，觉得周艳的关系稍微差点儿——她仅仅是镇党委副书记的妻子，就让她们挤在一起将就吧。一切安排妥当，他觉得自己一身轻松，忍不住哼起《沙家浜》的精彩片段……

刘娜工作没几天，就像一块儿烧红的铁块儿浸在水里，火热的激情倏地一下被折磨得荡然无存，她简直没见过这么调皮的学生！即使她在教室"蹲点儿"，这些学生也把她当成空气，该吵就吵，该闹就闹，起先她好言相劝，都无济于事，后来她忍无可忍，扬起拳头准备来点儿武力镇压，却让学生把她手腕抓住，讥讽道：这点儿力气还想打人？做梦吧！更让她气恼的是，白天管理班务没有时间批改作业，晚上想加会儿班，却遭到周艳的强烈反对。起先，她只咳嗽两声以示不满，后来就开腔了，说："刘娜呀，耀眼的灯光刺得我睡不着，孩子小，见光就哭！"更让她忍无可忍的是，那天她回去休息，却发现被子被周艳的孩子用剪刀铰得一缕一缕！简直是欺人太甚呀！这晚，一向坚强的她躺在被窝里哭了。

"哭什么哭？"周艳不耐烦地说，"你不睡我们还睡不睡？和小孩子一般见识，明天我赔你一床！"

一天、两天、一周、两周。时间一天天过去，周艳没有一点儿赔的迹象。这天，刘娜冒着凛冽的寒风，独身一人来到对面的山坡，望着满山的红叶，碧绿的江水，瓦蓝的天空，翻腾的云朵，内心有一种说不出的感慨。生活呀，你怎么这样折磨人呢？她掏出手机准备给母亲打电话，刚一拨通，还没来得及说话，泪水就像堤坝决堤、长江泄洪一样一股脑地奔腾出来。她悲痛的哭声把栖息在树林里的小鸟惊得四处乱飞，远处的一只野兔在那里惊恐地望着她。

"娜娜，你怎么啦？"母亲在那边焦急地问。

她向母亲断断续续地说明了原因。

"你给舅舅说了吗？"母亲问她。

"没，没敢说，我也知道他的难处，几次想打电话我都忍了。"

"娜娜，你别急，有妈在，别怕，噢？"母亲安慰道。

李县长听后确实吃了一惊，心里隐隐泛起了愧疚之情，是呀，姐姐的心肝宝贝，在这里遭受这么大的委屈自己竟然一点儿也不知晓。这个舅舅当得确实不称职呀！这个校长也太过分了，偌大的中国，有哪个学校一个教师担当两个班的班主任呢？简直是天下奇闻，闻所未闻！鉴于此事自己不好出面，他就向教育局长委婉地表明了自己的意思，说让他去了解一下所反映的情况是否属实。

"呵呵呵——该不是你们局里哪位领导的亲戚吧？还拿县长来压我！"魏校长认为自己对学校里的几个"皇亲国戚"照顾得不错，背后的靠山比较硬了，就油腔滑调地对局长说："调整是可以，但一学年得撑下去呀！"

"招呼我已给你打了,你看着办。"局长生气地撂下话筒。他想这个家伙也太放肆了,你就等着去碰头吧。

几个星期过去了,李县长仍然没听到任何回音。这天,他下乡检查路过集合镇,一片落叶飞到他的头顶,他才想起已接近隆冬。就买了一床被子,称了一些水果,只身一人步入校园。

该校的教师虽然没有直接与县长接触,但县长的尊容早已通过荧屏走进了千家万户。他们一见到县长就赶忙跑去向魏校长汇报。

"魏校……魏校长,不……不……好了……"那人惊慌地说。

"什么事把你慌得,天塌下来了吗?"魏校长把"七条"举得老高,高兴得说了声"自摸的感觉真好"。

"县长来了!"

"嗯?县长来了?那咋提前没打招呼呢?在哪里?"

"不是检查工作,而是夹床被子直接到刘娜的宿舍去了。"那人慌慌张张地说。

"啊?"魏校长顿时觉得五雷轰顶,把牌一推,抬腿就跑,当跑到刘娜的宿舍时,已经累得气喘吁吁了。

"李县长呀,都是我的错,怪我有眼不识泰山,不知是您的亲戚——没照顾好。"

"你这话就不对了,那我问你,你还有原则吗?是我的亲戚你就得照顾,不是我的亲戚你就可以为所欲为、任意欺压了吗?"李县长说完一笑,笑容里透露出厌恶、讥讽。

"是……是……哦……不是……"魏校长不知说什么好。

"你不用紧张,我只是来看看,没别的意思,年轻人就该锻炼锻炼。"县长说,"我还有事,先走了。"

"我摊上事了,摊上大事了!"他自言自语地说了句时下非常流行的台词,赶紧找来教务主任和会计,让把学校最好的房子腾给刘娜,并且必须把刘娜的班主任落实给别人。一切落实好后,他想唯一能救他的人只有周艳的老公了。

没想到这位副书记比他更着急,他知道,自己的政治前途就握在李县长的手中——他很快就要升任书记的。而自己的老婆偏偏要欺负人家的外甥女,这不是作死吗?妻子呀,我以前以为你是宝,没想到你是要我命的草呀!

这天,晴空万里,阳光明媚,是冬季里难得的一个好天。他们二人备上丰厚的礼物,到李县长家登门道歉。一阵寒暄过后,李县长让他们拿走自己的礼物,不要小题大做,说了句"小事一桩,我不会介意的"。

是小事一桩吗?真的不会介意?那他为什么流露出一种鄙夷的神情?魏校长踉踉跄跄地走到街头,回想起几天前李县长在学校说的几句话,"完了,完了,"他在心里痛苦地说,"这回真的完了!如果他不介意,为什么还要说反映的事情是否属实呢?"一想到那些可怕的账务,忽然,他眼前一阵昏暗,缓缓地倒在地上。副书记赶紧把他扶起,火速送到医院,觉得自己也快和他一样了。

第二天,结果出来:苦胆已破,生命垂危。

晋职系列小说

心计

　　职称晋升的文件送来已快一个月了，向长飞依然不愿拿出来组织大家学习。并不是他想把这事搪塞过去，关键的问题是到现在还想不出一个可行的操作方案。过去空岗多、够条件的少，没有矛盾，谁年限一到该晋升的都能晋升。可现在岗位紧缺、狼多肉少，编制又大大缩水，这么大的学校只有两个空岗，而符合条件的就有九人。让谁晋又不让谁晋？这实在是一个非常头疼的问题。职称晋升是关乎教师利益的大事，稍微不慎就会激化矛盾。更关键的是，他自己今年也符合升职条件，该怎么办呢？让自己先晋吧，教师必然会说他以权谋私，不顾一线教师，那以后谁还会给他卖命？尤其是在现在以质量为核心的节骨眼上。他心里清楚，教师把工作搞得再好，到头来都是给校长脸上贴金；即使人家一天吊儿郎当，你校长也拿人家没法，毕竟一个校长也没有生杀予夺的权力呀。要说放弃？实在有点儿于心不忍，毕竟要涨一笔可观的工资。再说，过了这一村就没有那一店了！

　　这天夜里，向长飞心急如焚。眼看给上级报送名单的时间就要到了,可还是想不出一个合适的方案。烟一支接一支地抽、茶一杯接一杯地续。墙上的挂钟"咔嗒、咔嗒"作响,让向长飞觉得更加烦人。眼看时针已经指向凌晨,他仍无睡意。他再次打开文件,看看有无章法可循。突然,"对于弄虚作假,剽窃他人成果者,一经查出,三年之内不得晋级"和"出现群访者取消晋级资格"这两句话映入他的眼帘。他顿时掐灭烟头,长长地嘘了一口气,觉得浑身轻松了许多。

翌日清早,他赶紧召开全体教师会,迅速成立职称晋升领导小组。煞有介事地说:"今年是一个特殊的年份,人多岗少,实在难以满足每位教师的心愿。需要晋升的八位同志,条件样样都好,工作非常认真,表现十分优秀,可以说是我们的楷模,我确实钦佩不已。我尽自己最大可能做到公平公正,可也不可能让每个人都满足心愿。但最后无论确定让谁晋升,希望其他同志都要正确对待,千万不要有任何思想包袱,更不要到处乱讲。说句实在话,成全别人也是成全自己。谁若惹出乱子,谁负责!我自己作为一校之长,今年也符合晋职条件,在这矛盾重重的情况下,我主动放弃,把机会留给大家。"

话音未落,台下已是掌声雷动。大家觉得这位新来的校长确实高姿态、高风格、高风亮节呀!要是放在前几任,自己不抢着先晋升才怪呢!和这样的领导共事,实在是三生有幸!最后,他将初拟的两位教师的晋升名单公布于众,并且一再强调是根据教龄、年龄、成绩等诸多因素通盘考虑的结果。并非常诚恳地对几位年轻的教师说:"你们不要争,你们现在是初升的太阳,以后有的是机会!"其他老同志也觉得这位校长办事公道,深得人心!

可事情总是在不断地发展变化，而这种变化正好符合向长飞的思想轨迹。公布的几位同志工作更加卖力，而没有选上的同志整天就知道在鸡蛋里面挑脆骨。等到学校把表报上去的那一天，有好事者指着公示的名单对李小飞说："你瞧瞧，×××有问题！他代的信息，还晋什么历史岗？这不明显和上面精神不符嘛，上面一再强调必须专业对口、三证统一，这不明显是弄虚作假？"还有一位好事者赶紧挑拨，说："弄了就弄了，校长不让到处乱说。"李小飞本来就在气头上，一听这话就更加愤怒了，他狠狠地说："不让乱说就不说了？嘴是能堵住的吗？我还要往大里说哩！要晋不成都晋不成，去球！"于是连夜写了一封情况反映寄到人事局，并且还把其他的几位名字一块缀上。

在全体教师会上，向长飞佯怒道："有些人，成事不足，败事有余！这下可好，我一再强调，不要到处乱说，这样既影响自己，又害了大家。弄得今年一个都晋不成，其他的跟着一块儿受褡裢罪。只要我在这里工作一天，这些问题我都会给想办法解决的，你急啥吗？"

第二年，职称晋升的时节到了，前面的八人由于头一年的旧账而被取消资格，历史清白的只有向长飞一人。他就在会上说："今年空岗两个，而符合条件的就我一人，没有矛盾，我也不谦让了。其他同志放心，我一定会在来年多争取几个岗位，力争每位同志都能早日拿上自己应得的职称！"

清障

向长飞的晋职批文终于下发了。

嗅嗅那残留着油墨香味儿的文件，他的心都要跳出来了，毕竟每月增资四百多元！他觉得他这一生似乎太顺，机遇从未与他失之交臂。从教几年来，一场洪水让他稀里糊涂地从一名普通教师变成学校领导，在职称晋升上也没走过弯路。想想那些还战斗在一线的老同志，转眼之间都快回家抱孙子了，可至今仍然停留在"二级"岗位上，有时他都为这些同志感到可怜。他觉得这一切的机遇都应该感谢自己的父母：如果没有他们的辛勤付出，他可能至今还在村里当一个老实巴交的农民；如果没有他们遗传的聪明大脑，自己至今在单位也只是一个平庸之辈。想到自己的父母，他心里就隐隐泛起愧疚之情，一想到再过两天就是清明，就买了几炷"高香"和一沓火纸朝父母的坟头走去。

父母依旧静静地躺在那里，周围是一片茂密的丛林。他小心翼翼地拨开坟头的落叶，双膝跪地，恭恭敬敬地把一张一张的火纸投进火堆，浓烟把他熏得泪水直流。火纸焚烧完毕，他又恭恭敬敬地磕了几个响头，把随身带来的一瓶酒放在父亲的坟头上，转身离开时，猛然发现坟头倒插的枯枝已经发芽。他的心"咯噔"一下，这不正是风水宝地的征兆吗？子孙出在门里，富贵出在坟里。这一点向长飞坚信不疑。他似乎看到棺材里的父母正在领首微笑，也似乎觉得他们正在冥界东奔西走庇佑他的前程。

现在，他就一门心思谋划如何能顺利晋升"副高"了。按照"编办"下达的指标，单位还有一个空岗，可王副校长"一级"资格还早他两年，他没有理由卡着指标不让晋职！论职位，俩人都是学校领导；论人缘，王副校长是出了名的八面玲珑；论资历，王副校长在他之上；

91

论学历，王副校长也是正规大学生，比他这个"半路出家"的"杂牌军"强多了。这一切都是他致命的威胁呀！服输吗？向长飞在心里默问自己，但这个火花在大脑里稍纵即逝。认输他就不是向长飞了！就在他一筹莫展之际，恰巧邻校的一名校长不幸去世，县局正在物色一名合适的替补。向长飞觉得喜从天降，极力向组织推荐让王副校长前去补缺；夸他如何具有驾驭全局的能力，如何具有独当一面的气派等。说得天花乱坠，把稻草都快说成金条了。最后还装着非常不舍的样子，说："我这也是从大局出发，忍痛割爱呀。要知道，他可是我的得力干将！"他又怕组织中途变卦，就怂恿王副校长前去争取，说一个人真正的价值就是要争当主角，无限风光在险峰呀！一番话把王副校长感动得热泪盈眶，觉得这就是他的再生父母！

　　拐走了王副校长，向长飞一身轻松，晚上在梦中竟然"咯咯"笑醒。他觉得"副高"就在前面向他招手，求学时梦寐以求的"教授"，现在与他也只有一步之遥。他知道：总务主任可能对这个职称也虎视眈眈了吧？但他转念一想：只要我卡着不让他拿优秀，他就没有晋升的资格，这点主动权还是在我手上！

　　年终考核会上，向长飞非常真诚地说："现在的政策对班主任确实不公，我记得我才参加工作时班主任的每月津贴是12元，可那个时候的12元要买多少东西呀？和现在敢比吗？到现在仍然没有改变，而一个学校的主要工作就是由班主任来做。我说句大家不爱听的话，学校其他什么中层领导可以不要，但不能没有班主任！而我校的班主任大多都是年轻教师，工作量大，而每月的工资又相对很低，干工作从不挑肥拣瘦。我看在眼里，急在心里，可我个人又无能为力。为了鼓励他们做好班务工作，今后的年终考核中，在班主任的得分基础上再加三分！"

一席话，把二十多个班主任说得热泪盈眶，并且下边还响起了稀里哗啦的掌声。大家认为工作苦点儿累点儿都不要紧，有没有报酬也没啥大不了的，只要领导能给予肯定就行。

教师的考核每年情况就是那样，算来算去每人的成绩也就是零点几分之差。总务主任由于平时的工作量大，成绩暂时领先一点儿，可二十多个班主任的分数一加，他的成绩一下子滑到了中游。晚上，他悄悄地溜进向长飞的宿舍，从文件袋里取出两条"中华"，看能否有回旋的余地。向长飞心平气和地说了三层意思：一是我们都是一个班子的同志，你拿香烟是对我人格的侮辱，你从哪里拿来还拿回哪儿去，我绝对不收；二是你的成绩已在中游，让你拿"优秀"实在是说不过去，别的同志一定会说我向长飞说话放屁，不利于以后开展工作；三是你作为一个总务主任，在校也算是中层领导，要识大体、顾全局，起带头作用，不能光为自己的私利而不要原则。

向长飞"一级教师"的期限满了，而符合晋升"高级教师"条件的又只有他一人。

借刀

真正让向长飞为难的时刻又到了。

在这次晋级的十个人当中，有三个是"皇亲国戚"。一个是局长的侄子周俊，另一个是新上任的教导主任，这也是镇党委副书记的公子，还有一个就是自己的"小蜜"。"小蜜"虽然不是皇亲，但也是地地道道的"国戚"。他原本想来个霸王别姬，让"小蜜"先缓一缓，这样压力就能减轻一点，也可以给其他教师一个交代，可"小蜜"不等他把话说完，就说："你若不给我开绿灯，我就把你的丑事全部抖搂出去，当初你上我床时咋没见说过压力重重呢！"其他几人虽然没有什么特殊背景，用现在时髦的话说就是"草根"教师，可他们个个都是学校的教学骨干，有两个还是省级教学能手。这该如何是好？如果让这几个人晋职，不说其他人有意见，就连学校里咿呀学语的小孩也会在背后戳他的脊梁骨，那必将形成一种正气不通、邪气盛行的局面呀！不让晋职，这几个人平时在校也呼风唤雨，联合起来必定会让他的处境更加艰难。更让他头疼的是，空岗只有两个，就连"皇亲国戚"也无法满足。一开始，他决定把矛盾上交，谁知局长听了他的汇报之后，不但没有同情，反而把他奚落了一通，说："就你这点本事还当什么校长？回家种红薯算了！现在哪个学校没有这方面的问题？我都给一一解决？你也不向其他学校打听打听，整天跑到我这里来诉苦！"

无奈，向长飞拨通了邻校校长的电话，诉说了他的苦衷。我们知道，这位校长就是他原来极力推荐的王副校长。邻校校长非常轻松地说："定杠子，制制度，条条框框约束，够条件的晋职，不够的靠边，公事公办。"

公事公办？向长飞撂下话筒，生气地说："和你等于没说，你真是站着说话不腰疼，你又不是不知道学校的特殊情况！"

向长飞毕竟是向长飞，冥思苦想几天后，他就跑到市教研室，看能否在继续教育上做做文章。谁知教研室主任一听，非常高兴地说："这还不好办？我年年都在为教师的继续教育发愁。你放心，我今年给你帮个大忙！"向长飞知道，如果杠子一抬，符合条件的只有他的"小蜜"和周俊了。

向长飞还没回到学校，电子版的文件就先到达了。具体内容是将原来任职期内的培训学时由60小时提高到120小时！向长飞在会上故作惋惜地说："今年这种变化谁也不曾想到，这不知卡了多少人呀！有的同志尽管工作了许多年，工作也是勤勤恳恳，确实也应该拿到这个职级，可我爱莫能助，无能为力呀！现在符合条件的只有两个，空缺岗位刚好满足，其余的人以后再慢慢想办法解决。"

"我有点儿意见！"一名年长的"草根"教师说。

"请讲。"向长飞环顾四周，心里确实有些发虚，以往这种要求讲话的现象从来没有出现过。

"今年的这种变化是有些突然，所以你做的这个决定我不反对。""草根"教师说，"可上边的文件也同样规定每年只能用空岗的50%，而你今年要全部用光。如果最近这几年没有人符合条件，这情有可原。问题是我们还有很多人在后面排队，你这样做考虑过我们的感受吗？我不敢说留下的一个空岗就是我明年晋职，但至少还有一丝希望。你全部用光我们还有什么盼头？我们还有没有必要认真工作？难道我们在你眼中就不复存在？再说，你年年说帮我们解决职称问题，最终都给解决了个啥？"

话一说完，台下掌声雷动，向长飞的心一阵紧似一阵。这一字一句不紧不慢，却掷地有声。他知道，这次不好糊弄，便故作镇定，笑呵呵地说："你把文件学得很好，精神吃得很透，我会接受。"

夜里，向长飞无论如何也进入不了梦乡，他觉得现在才是针尖对麦芒的时刻了。他反复思考片刻，决定还是先给周俊做做工作，可号码还未拨出，周俊却把电话打来了。他开门见山就说："校长，打扰你休息了。我知道你左右为难，毕竟那边也是你很重要的人。要么我给我叔父打个电话，让他帮我想想办法。"

向长飞好字还未说出口，立马就感到问题来了：他给他叔说，这不是在给局长告状说我有"小蜜"吗？他赶紧改口说："兄弟，你别急，我肯定在考虑你呀！"他知道，只要把周俊的事情办好，周局长以后也是不会亏待他的。

"有你老哥这话我还有啥急的？"周俊笑着说。

这一夜，向长飞彻夜未眠。第二晚，他把"小蜜"叫到身边，一阵亲热过后，他语重心长地说："今年的形势严峻，这你懂得。可我心思用尽，该为你扫除的障碍都扫光了，现在就剩你们俩。讲课这一关你一定要用心，不要大意，据说都是外地来的专家。明天局里要抽我到外地学习考察，你就好好熟悉教材吧。"

"小蜜"还在兴头上，搂着他的脖子说："讲课有啥怕的，我还不信我过不了。"

向长飞说："不要大意失了荆州。"

几天后，讲课结果出来了，按照向长飞提前打的招呼，周俊顺利过关。当"小蜜"打电话让他出面通融时，向长飞无可奈何地说："你把我的话当耳边风了。现在木已成舟,我又不是神仙。再说,我还在外地呀!"

绝杀

周俊晋职以后,向长飞总觉得自己对不起"小蜜"。好长一段时间,他都不敢电话相约。生怕自己一时语漏倒出机密,或是"小蜜"看出什么端倪,那就不好收场了。眼看自己年龄即将到站,"小蜜"的职称问题可能要成为水中月、镜中花,他心里确实不是一番滋味。现在他才发现:自己也是一个有情有义之人!尤其是最近一段时间,每次刚刚进入梦乡,"小蜜"就披头散发闯进屋里,破口大骂,又抓又咬,把他搞得筋疲力尽、愁苦不堪。一个月下来,他就像变了一个人,头发蓬乱、皱纹稠密,要是遇到一阵大风,非把他卷在空中当成风筝不可。

"小蜜"看在眼里,急在心里。有几次她在半夜电话询问,他总是吞吞吐吐,说自己可能是得了心病,现在哪有心思干那事?在一个风清月明的夜晚,他们两人又悄悄地回到家乡老宅,双方得到满足以后,"小蜜"又耐心询问,说是有什么问题可以帮忙分愁解忧,他才道出实情。说完之后竟然还呜呜哭泣起来。不承想"小蜜"并没有被他的哭声打动,反而一脚把他踹到床下,狼心狗肺地骂个不停,说她明天就要到县局反映情况,让他尝尝班房的滋味。他知道"小蜜"的秉性,愤怒之后是不会计较后果的,于是"扑通"一声跪在床沿儿,说他一定会想办法,到时给她一个满意的答案。"小蜜"就说:"要说话算数,姑奶奶可不是好欺负的,给你一个月的时间,你必须让我满意。"

放在平时，每次完事之后他很快就酣然入睡，今夜却无论如何进入不了梦乡。听着"小蜜"均匀的鼾声、窗外的蛙叫，他索性穿上睡衣，点燃一支香烟，踱到庭院，看那瓜白瓜白的月色，思考如何才能给"小蜜"一个满意的答案。思来想去，他觉得现在唯一能做的就是想方设法把"小蜜"推上领导岗位。只要当上领导，以后机会就多的是。他就是活生生的事例。他转身回去向"小蜜"表明了自己的主张，没想到"小蜜"听后高兴得不亦乐乎，一个劲儿地问她行吗？他说："那有什么行不行的，你以为领导真的就有三头六臂了？不是人有多能，关键是那个位子能。不管把谁推到那个位置上，都能当好。""小蜜"听后高兴地笑了，说这一生和他相好总算没有虚度，并一再催促他要越快越好，要不然卸任之后就没有机会了。没过一个星期，他就把"小蜜"安排到教导处负责打印，第二学期开学伊始，他说是为了配合上级联片教研工作，专门设立一个教研处，"小蜜"就顺理成章地当了教研处主任，并且跻身学校的中层之列。

其他教师对向长飞的做法颇为反感。这又在搞突击提拔？并且是亲小人、远贤臣啊！这样搞还有什么心思好好工作？有几个年轻教师多次在公开场合展开攻击，说什么"屁股决定脑袋"之类的风凉话，向长飞听后只是淡淡一笑，说：现在就是这种风气呀，在能力、条件都不相上下的情况下，为什么不能提拔听话的人呢？

在一年一度的校长考核中，有一个专项就是推荐后备领导人选。按照以往的惯例，都是校长一锤定音，向长飞向考核组说"小蜜"如何具有领导才能，在当教研主任期间，学校的教研工作搞得风生水起，学校教学质量一路飙升，如果得不到重用实在是人才的浪费。可令向长飞万万没有想到的是，今年新上任的局长工作非常务实，在后备领导的选拔上非常注重群众的呼声。他随意挑了几十位教师搞民主座谈，开始有的教师认为是走走过场，不想说，害怕说了之后不但不起作用，反而遭到打击报复。会场气氛相当冷淡。局长多次鼓励，说一定要实事求是，一是不能把个人的恩怨带到这次考察之中；二是一定要对学校的发展负责，县局一定会认真对待每位同志的建议，并且一定会对谈话内容保密。结果所有的与会教师都把话匣子打开，把向长飞的所作所为和盘托出。局长听后非常生气，担心有的教师言过其实，又找了十几位老教师座谈，结果仍然一样。局长想：这分明就是"山大王"的作风。这怎么能继续留在领导岗位?！得赶紧换下来呀！

　　秋天来了，又是一个新的学年。向长飞被免了职，纪委对他的经济问题展开立案调查；他的"小蜜"也被调往一个偏远的山村任教。

闹 心

一

　　李副县长每走几步,就要掏出衣服兜里的镜子把自己好好掂量一番:头发是否被风吹乱,脖子上的领带是否整齐。这是他履职以来第一次参加教育表彰会,一定要给市里领导留下一个比较好的印象。教育强县嘛,说不定还要临时安排他做经验交流呢!今年全市高考的文理科状元都出自他所领导的洋河县,全市的前五十名学生有二十二名也出在他们洋河一中,可喜可贺呀!他不知真是他领导有方还是红运亨通,反正一个不懂教育的县长把一个县的教育给盘活了!

　　会前,主管教育的方副市长先大致通报了全市高考情况,然后对一向末尾的沙河县表扬一番,接着就对洋河县进行了严厉的批评,一个劲儿地质问为何今年下滑得那么厉害,简直是拖全市的后腿啊!最后语重心长地告诉李副县长:不要一心只管抓经济就忽视教育的发展。文化落后的经济是可悲的!只抓经济而不抓教育的执政者不仅是渎职,更是一种犯罪!

　　"全市的尖子生不是全出在我们洋河?"李副县长小声地嘀咕了一句。

尽管嘀咕的声音很小,但还是被方副市长听到了,他不悦地说:"是在你们洋河,可这能说明什么问题?这些学生即使放在沙河也会成为尖子!可你更要知道,全市倒数百名的学生也在你们洋河,你们洋河的人均成绩排名由去年的全市第二下跌到全市第九。"

"倒数第二?!"李副县长惊叫一声。

"我们市就只有九县一区。"方副市长说。

"可恶的王局长,报喜不报忧,简直闹心死了。我昨天才在县委书记面前表功,今天回去又该如何交差?简直是在自己打自己嘴巴嘛,看我回去咋收拾你!"李副县长在心里狠狠地说。

二

王局长几乎是一路小跑来到李副县长办公室的。

他一见李副县长来电,七魂儿差点儿跑掉六魂儿,觉得这次是糊弄不过去了。原以为要马上换届,自己要到一个大局任职,瞒一天是一天,到时候一走了之。可没想到在这关键时期冻结一切干部任用,他不得不继续待在这个清水衙门。他语无伦次地对李副县长说:"李县长,我错了,开始我也不知是——"谁知李副县长高兴地对他说:"你没有什么错,我感谢你还来不及呢!市里给我们发了一笔奖金,你快过来商量如何分配。"王局长小心翼翼地说不会有这好事吧?李副县长接着说:"有什么不会的,市长说了,今年的尖子生几乎都出在洋河,说明我们洋河县教育有方!"王局长仔细一想,也觉得有那个可能,就兴冲冲地跑了过来。一进办公室,李副县长就笑眯眯地把他带到一间屋子,取出几张纸和笔,说:"你先写吧!"

王局长问:"总共有多少奖金,按什么标准下发,您领导给我个大致思路吧?"

李副县长大声呵斥道:"奖你个头!还是先写检查吧,具体写出失败原因和补救措施,以及明年奋斗的目标。记住,至少要一万字,几时写好几时回家。"

王局长闹心死了。甭说一万字,就是让他写五百字也不知要用多少重复句子呀。这些年整天除了看看报纸、打打麻将,下乡检查检查工作,再就是和几个美女说点发黄的段子。让写文章,这不是要命?绞尽脑汁,灵感初现:这不是我姓王一个人的事,其他几个副职难道就没有一点责任?于是他就给四位副局长发条短信,说他已被县长软禁,让他们每人想点法子,写上一点失败原因和补救措施,最后他再往一起糅合。再说,一万字的材料,也不见得李县长看!最后还特别嘱咐:务必在中午12点之前给我发到手机。

几位副局长急了,多年没写过材料,这该从哪个地方入手呀?虽说他们在教育局任职,可从来没在教育战线上待过一天,对教育管理更是一窍不通,弄不好还会闹出笑话,思来想去,就把这个艰巨的任务压给四所中学校长,命令的口气和局长一样,只是时间又缩短一小时,最后又特别交代:完不成任务者,就地免职!

四位校长急了,一看手表,离交差还不到一个小时。就是抄也抄不完,更别说还要构思了!即使请莫言执笔,一时半会儿也不一定能拿得出啊。想来想去,干脆把电脑打开,在百度文库中下载,然后草草改了几个数据就给发去。几位副局长看都没看就给转发，王局长高兴地说：还是众人拾柴火焰高！

一篇抄完，王局长觉得手腕儿酸疼。他不敢怠慢，赶紧再续抄一篇，抄着抄着，感觉有点儿不对，咋和上一篇的材料有点儿相同？他再仔细一对照，简直就是如出一辙！他又把几篇放在一起比较，忍不住破口大骂：都是一群懒虫，下载的东西你好歹也修改修改嘛！如此态度，我大洋河的教育如何提高？"他就拿起电话，把几个副局长大骂一通，让他们赶紧重写，耍猴还得看时候嘛！

三

现在，最闹心的要数双河中学的万校长了。

本来是戏弄局长的几句玩笑话，没想到却假戏真做，变成纲领性的文件了。高考落尾校长要停职检查，并且要在全县公开亮相；代课教师要停职整顿，年度考核不给合格。这该如何是好？书教得再好，年年也有个倒数第一，校长当不当是小事，可教师考核不合格，这直接影响人家的工资进档啊！都停职了，谁来上课？可提高质量又不是一朝一夕之事，有时还受许多因素的困扰！就拿自己这所学校来说，年年优质生源都被重点中学挖走，最后只剩些中等偏下的学生前来就读。在起跑线上就输了，还想追赶超越？如此一来，恶性循环，好的永远好，差的永远差，如何提高啊！他为这事曾经找过局长，谁知局长非但不听，反而把他奚落一番：家有梧桐树，自然招凤凰。不要光找客观原因，首先要先想想自己。你把教学质量搞好了，自然就会有好生源朝你那儿撵！哼！

103

光知道说官话、套话、空话！长期以来的历史差距，一朝一夕能解决？如果让我在重点中学当校长，绝对干得比现在更好！

可抱怨归抱怨，办法还是要想的。他思来想去，觉得要提高教学质量首先得管好教师，统一思想才对。要狠抓备、讲、辅、批各个环节，并且都要有许多纲领性的东西加以约束。于是，他周周都要召开例会，强调谁落尾谁淘汰，谁拖后腿谁不合格。他天天检查教师的教案，并且实行推门听课制度，几周下来，学校的教学风气确实有很大改观。可令他万万没想到的是：第二年高考，他们又得了个全县倒数第一！

被停职的万校长心里真不是个滋味，怎么也想不通到底在哪个环节出现了漏洞。一天下午，他在河堤散步，迎面遇到考核没有合格的纪老师，本想上前打个招呼，好好解释一下考核不合格的原因。谁知纪老师一见面就破口大骂："你个该死的东西，你有多少舌根子嚼不完？你周周开会占我时间，我一年到头能上几个自习？你天天检查那些没用的教案，我们还有没有时间来批改作业？！"

舆论问题

俗话说得好:"衙门口棒槌,三年成精。"一向被人们公认的"老实"最近也悟出一点儿为官之道:搞工作光靠自己的实干精神是不行的,必要的时候也得搞点儿"务虚"。务虚的方法很多,一是靠一张嘴皮,二是靠在领导面前作秀,三是在必要的时候学会煽情,而最快捷的方式就是要学会宣传,有点儿王婆卖瓜精神。要不然,你做得再好有谁知道?过去是好酒不怕巷子深,而今是好酒也怕深巷子!仔细想想,哪一次组织提拔一个领导干部不都是要事先营造一定的舆论氛围?经过这么一分析,再一想到自己结交的那些舆论圈的朋友,"老实"就有点儿飘飘欲仙的感觉了。

一个偶然的机会,在一次东西部合作的洽谈会上,"老实"结识了深圳光华实业集团的总裁。经过一番交流,总裁觉得此人坦诚而不缺睿智,果断而不失鲁莽,是一个能干事、会干事、有魄力的基层领导人。加上他也想把公司的业务扩展到内地,于是慷慨地提出给"老实"所在的乡镇提供一百二十万元的资金援助。

"老实"高兴得有点儿发晕了,这不是天上掉下的馅饼吗?他狠狠地把自己的屁股捏了一把,很疼,才确定这不是白日做梦。这简直是雪中送炭呀，正在为这次旱灾一筹莫展之时，这不恰好下了一场保墒雨吗？他迅速地将这笔资金用来购买抗旱物资，以便把损失降低到最小程度。

"老实"坚信，这样的好事在全县所有的乡镇绝无仅有，这完全是个人努力的结果。试问哪一个乡镇不费一分一文就能搞到这么多的资金？他觉得自己给人民做了一件功德无量的好事，理所当然应该在人民当中、在所有的同僚当中风光一把、火上一回。于是，他请自己的好友联系资深的记者好好对他做一次专访，请从当地走出的著名作家对他的讲话稿子做了几次修改，并且还专门到省城请一位专业造型设计师把自己的形象扎扎实实地包装一回。他相信，自己苦尽甘来的时刻已经到了，命运转折的机会已经来临。

一天、两天，不见记者到访；十天、半月，也不见记者来临。眼看受灾已成定局，再无回天之力的时候，托朋友询问，电视台只说现在实在太忙，采访任务太多，领导们几乎天天出门视察灾情，哪有时间顾及一个偏远的小镇！

农民心急如焚地等待救灾物资，可迟迟不见政府发放。有好事者打听到里面的玄机，一个热线电话拨到了《××都市报》，将"老实"好出风头而延误救灾之事做了汇报。

这天，"老实"正在办公室背诵已经写好的讲话稿，几名扛着摄像机的记者来到镇上，"老实"高兴地上前迎接，可那几名记者根本没有理会他，扛着摄像机就对那批已经过期的救灾物资进行拍摄。"老实"慌了，千方百计地想用自己的身体挡住镜头，结结巴巴地问："你们究竟想要干啥?"其中一个记者就将镜头对准"老实",一字一句地问:"'老实'同志,你如何看待自己的升迁和百姓的利益问题?""是什么原因导致这批救灾物资在你手上没有发挥作用而让百姓蒙受巨大损失?""'老实'同志,你如何看待一名基层干部的正确舆论观?"

隐藏

浏览完张松的先进材料,泪水浸湿了李书记的眼角。他摘下眼镜,揉了揉眼眶,抿一口浓茶,对秘书说:"张松确实是个人才,我得亲自去看看,如果确实像材料上所说,我们就要把他作为典型,让他在全县起一个带头作用。"

秘书小心地问:"什么时候出发?"

书记信口说句明天一早。然后又叮嘱道:"你再联系联系记者,看看有没有工夫和我们一块儿到乡下转转,好好发掘几个典型人物。"

秘书走后,李书记觉得似乎有点儿不妥:这次会不会和以前一样走漏风声?到时净看一些虚假的东西?自从他到这里主政,一再强调要做好保密工作,多搞明察暗访,及时发现问题。可每次都是人还未动,电话先到。把领导的行踪摸得一清二楚。现在的乡镇干部都学奸了,动不动给领导跟前的"红人"施些小恩小惠,留些奸细在领导身边,长此以往,如何了得?!想到这儿,李书记一看天色尚早,就换了一身衣服,骑一辆摩托车溜了。

和材料上说的一模一样:张松确实只住三间低矮的土房,并且主体墙壁已经倾斜,在风雨的摇曳下随时都有坍塌的可能。李书记大为感动：多清廉的干部！现在哪个科级干部在城里没有百十平方米的住房、在农村没建一座漂亮的豪宅？张松似乎读懂了李书记的眼神，笑着说："没办法，负担重。家里的收入只有我一个人的工资，日子过得捉襟见肘。自从孩子患病之后，每月几乎都是入不敷出，更别说建房了。"李书记朝里屋一瞄，门口正坐着一个衣衫不整的男孩儿，看样子已有十二三岁，耷拉着头，痴痴地笑着，口水像断线的珠子不停地滴在胸前。李书记蹲到他跟前，动情地说："宝贝儿，你叫什么名字？"

孩子含混不清地说了句，接着就是傻笑。

张松的妻子赶紧教他："快说叔叔你好！"

孩子又模模糊糊地说了句，不认真听完全不知他在说什么。

书记指了指张松，问："你把他叫啥？"

孩子摇了摇头，好像在盯一个陌生人一样。

书记又指着张松的妻子，笑着问："这是谁？"

孩子笑了笑，依然不太清晰地说了句"妈妈"。

书记心里一怔。这张松也太把工作当一回事儿了，居然忙得连孩子都不认识他？妻子解释说：自从他当上这个镇的书记以来就特别忙，领导经常找他汇报工作，有时一忙就是半夜，孩子和他非常生疏。

话没说完，张松放在桌上的手机响了，尽管他飞快地拿走，可李书记依然看清了来电显示的是"刘县长"。

李书记一愣：县上还有刘县长？就连那些退休的领导也没有一个姓刘的啊！这里面可能有什么文章。张松跑到门外，压低嗓子说："领导，我这会儿很忙，过会儿我专门来找你汇报工作。"说完就麻利地挂了电

109

话。李书记觉得有点儿蹊跷,这像是一个下属在和领导说话吗?领导话没说完就挂了电话,成何体统?他愈加觉得里面一定隐藏着什么玄机,就推说自己还有要事,提前走了。

李书记并没走远,而是在这镇上不停地转悠,看看河流有没有污染,看看道路有没有塌方,老百姓的衣食住行存在不存在什么问题。偶尔还和当地的老百姓攀谈几句,想了解这里有没有亟须解决的问题。村子不大,但环境优美。这时,突然看见许多老百姓都端着花盆急匆匆地行走,便上前好奇地询问,一个老百姓愤愤地说:该死的张松又说哪个领导要来突击检查,让我们连夜把各家养的鲜花都搬到街道,好给他脸上贴粉呢!每次都把我们折腾得没完没了!李书记说:那上边不是每年给镇上拨绿化专款,难道都没有用在街道绿化?一个老百姓说句鬼知道,说不定又给他的小情人绿化洋楼了!说完把嘴朝旁边一噘,李书记往那里一看,在一块竹园背后确实盖有一座洋楼,装修得相当气派,光那向外射出的灯光就相当迷人。他好奇地朝那里走去,刚到坎底,就听一个女人喝问道:"我给你说张松,你到底和你那个老太婆离还是不离?我的忍耐是有限的!你瞧瞧你的野种现在长多大了!"

张松说:"你再坚持坚持,现在确实难办。我给你说你今天差点儿坏了我的好事,让我差点儿在书记面前露马脚了。秘书刚才说李书记对我的事迹很感兴趣,准备把我树成典型,如果现在离开糟糠之妻,抛开弱智儿子,岂不成了笑话?"

女人说:"我不管这些,我只要我的名分。"

张松说:"算了吧,你还不知足?农村的洋房你住着,县城的洋楼给你买着，我和老婆住的啥房你不是不知道！幸亏她从不多事，对我是一百个放心，要不然你现在还有这种安宁舒坦的日子？我给你说，一旦事情闹大，对谁都没好处！"

　　书记扭头就走，边走边骂："你隐藏得够深的，差点让我上当了！这样的典型一旦树出，岂不成了千年笑话？！"

　　天亮了。秘书打来电话，问什么时间出发。

　　李书记说现在就走，多带几个记者。顺便再到接待室拿两床被褥放在车上。秘书有点儿诧异，但又不便多问，只好悻悻地挂了电话。

　　今天的街道和昨天相比确实是天渊之别：干净整洁、鲜花簇拥。仿佛在过一个重大的节日。秘书不停地附在李书记耳边夸奖张松确实是个能干事、会干事、干大事的人，把这个集镇迟早打扮得像花园一样。并且还说了许多在集镇建设过程中的奇闻逸事。书记一言不发，始终保持着淡淡的微笑。令秘书诧异的是轿车并没有直接开进政府，而是开进一家别墅。书记让记者好好地把这座豪宅给宣传宣传，然后再折回政府，把电话录音交给随行的纪委书记，直接宣布张松违规。最后意味深长地对秘书说："你瞧，被褥我已经让你带来了，既然这地方如此美丽，你就留在这里好好锻炼吧！记住：先学做人，再学做事！"

远见

邹书记看其他几个常委未到，就到卫生间方便去了。

人大主任知道邹书记每次都是姗姗来迟，就和政协主席拉起话来，说："今天估计要讨论河滩开发的事，你老兄有什么看法？"

"看法？当然有！"政协主席说，"简直是活见鬼了，这河滩上还能盖高楼？河床又窄、江水又急，高楼盖好后谁会来这里买？"

"销售倒是不成什么问题，人家老邹神通广大，到时采取政府手段，把贫困户朝这儿一赶，不出一年就会销售一空。"人大主席说，"不过我担心这盖的不是楼房，而是龙宫！"

邹书记故意把里面的水箱一摁，哗哗的流水声顿时打断了外面的谈话，会议室里立即鸦雀无声。

他看到说闲话的几个常委尴尬地笑笑，就开门见山地说："现在县城发展区域太小，发展空间严重不足，我主张开发河滩，功在当代、利在千秋。这不仅解决了全县一千余户贫困人口的住房问题，而且还能够拓宽相当一部分的就业渠道，何乐而不为？"接着他就高谈阔论一番，把开发河滩的好处说了一大堆，最后大声说当然也有些同志提到实际困难，就是洪涝灾害，但人定胜天嘛，也不是一年三百六十五天天天涨水？一席话把大家说得哑口无言，想反驳又找不出合适的理由，就你望望我，我望望你，看谁来发表不同的看法。

李县长第一个响应。他知道邹书记一贯霸道的作风，与其反对，不如赞成；再说，即使将来让水全部冲走，还不是他这个书记来承担责任？说不定还能成就他的仕途呢！从政者，没有远见不行。

邹书记颔首微笑，问谁有不同的看法，如果会上不说，下来就不要乱说，最后让大家象征性地表决一下就草草通过，接着就敲山震虎地谈论起班子内部讲团结、讲政治、讲正气的重要性。最后语气提高八度，说："现在啥都缺，就不缺领导。你不要以为少了你就胡萝卜做不成席了！我再重复一遍：谁撑台，谁上台；谁拆台，谁就下台！"那几个窃窃私语的常委都低下了头。

建设速度确实惊人，不到一年时间，几百亩的河滩上就高楼林立，确实是江边一道亮丽的风景。可令人们惋惜的是：高楼建起还不到一年，就遇百年不遇的洪水，高楼变成危楼了！

县长笑了，他庆幸自己快要坐上书记的交椅；人大主任笑了，他笑自己的预言变成了现实；邹书记笑得更加灿烂了，他笑一切来得太快，简直是天遂人愿，心想事成啊！这一大笔赈灾款简直就是天上掉下来的馅饼啊！他祈祷上苍：这样的洪水要多发几回，发得越大越好！

几年后，邹书记调离。他在送别会上动情地说："要说我这几年在这块热土上建立最大的功勋就是盖了一片高楼。各位想想，我没来的时候这里的经济是个什么样子？可高楼一盖，年年都有一笔可观的赈灾资金，把我们县域经济带动得非常巨大啊！所以我告诫各位：作为一个从政者，没有远见是不行的！"

左右逢源

办公室的季主任最近也被上边的用人政策弄糊涂了：按照以往的惯例，每次提拔领导干部都是先从办公室入手。可自打他当上这个主任以来，简直是风水轮流转，每次提拔都与他擦肩而过。他眼睁睁地看着今日不是张三高升，明日就是李四"跳槽"，心里确实不是滋味。心想这究竟是咋了？我的工作能力和水平远远在这些人之上呀！为什么就轮不到我？他冥思苦想，终于开窍，现在的提拔并不是看你的工作能力，关键是要看你的人缘，人缘不行，你就靠边站吧！你没看以前提的那几个多会说话呀，先是语言贿赂就把领导高兴得屁颠屁颠的，只要领导高兴了，有啥好事还能忘记你？看来自己也要学几招，关键时候得八面玲珑、左右逢源呀！否则就真的要在"主任"这个位置干一辈子了！

一日，镇长和书记就产业结构调整问题发生了争执，季主任正好有个文件要找书记签阅，就在窗外偷听了一会儿，觉得相互都没有让步的意思，就想还是过会儿再来。正准备离开时，听见书记气愤地说："出了问题我扛着，在这一亩三分地里，上级组织认的是我，你理解得执行，不理解也得执行。党管干部的道理你懂不？党委和政府就好像一架马车，书记挥鞭，政府拉犁！给你通气只是让你知道一下，不是和你征求意见，别以为给你一根麦秸秆就当成拐棍了！"

镇长这次手上有充足的论据，认定书记这次是在瞎指挥，他不想多说，只想到县委去告书记的状，就把桌面子一拍，说："既然你成竹在胸，那和我浪费这口舌干啥？不嫌糟蹋唾沫星子。你向上级要个听话的镇长,我夹铺盖卷儿走人!"说完,摔门而去。

季主任不愧是走江湖的,觉得此时正是他在领导面前表现的最佳时机,就迎面拦住镇长,说:"马镇长,你咋能说走就走呢?你可是咱们镇的'一把手',人民的主心骨,三万老百姓盼你在这里发光发热,你一走咱们这里不是'黑天'了?再说——"他还想再说两句,一看书记在门口站着,黑着脸,也就把嘴闭上了。

季主任这时也觉得刚才语言欠妥,就小心翼翼地把文件递给书记,又从兜里掏出一支香烟,给书记点燃,说:"书记呀,你咋能和他一般见识?我是为了调和你们之间的矛盾,才说了几句让他高兴的话,你可不要介意。古言说:君子不计小人过,宰相肚里好行船。"

马镇长向来就讨厌别人溜须拍马,更讨厌那些阳奉阴违的小人。一听到老季又在那儿说什么君子和小人,就觉得他像一只苍蝇一样令人厌恶。对这种小人应该提防才对呀。

换届的时间快要到了,组织部门下来考察后备干部人选。季主任这次跑得更欢实了,不是给书记倒茶,就是给马镇长端水,甚至连人大主席喝药他都要亲自给冲好,在一般同事面前也满脸堆笑,非常殷勤。书记故意对镇长说:"季主任这人也挺不错,工作也很出色,你看这次能不能把他推荐上?"

马镇长故意说:"你的人你不提拔还来问我干啥?再说,党管干部呀,你说了算。"

书记说:"咋就成了我的人了?人家不是整天围着你转吗?"

镇长这才一本正经地说:"这人整天跟个女人一样,神神叨叨的,若把这样的人提拔成领导,那估计会祸害不少人呀!"

书记这时才对镇长说:"英雄所见略同。既然这样,那度假村现在正缺一个第一书记,让他去挂职锻炼吧!"

出去挂职的季主任现在终于明白了:如果像墙头草一样随风摇摆,那就大错特错。这样把自己的人品搞臭且不说,那简直不是左右逢源,而是左右为难呀!

115

自 豪

老薛把砍刀举起,"哐当"一声下去,猪蹄被劈成两半,自己的一小片儿指蛋儿也跟着搬了家。被剁破的手指像是被捣破的水管,血唰唰直冒。老薛顺手抓了一把麦面一边捂住伤口,笑着对妻子喊:"吃肉喽!吃肉喽!"

妻子听到喊声,赶紧跑到厨房看个究竟,一看地上流了那么多的鲜血,就把老薛朝外扯,边扯边说:"快上医院!"老薛不以为然地说:"这点小伤还用去医院?随便找点纱布包扎一下就好了,用不着小题大做!"妻子说:"你别小看这点伤,千里之堤毁于蚁穴,你不懂?亏你还是个教授呢!你好酒,现在天气炎热,感染了咋办?"

老薛说:"老皮老肉了,啥没见过?年少时在家剁猪草,不知剁了多少次,哪次剁得没这厉害,还不是我妈抓一把锅煤烟给捂好了?"

"过去是过去,现在是现在。"妻子不再多说,拉起老薛就朝医院跑。

哼!这年头,只有两个地方人多:一个是车站,一个是医院。虽然是星期五,可排队挂号的人依然很多。妻子看一时半会儿轮不上他,就直接把老薛领到科室。

也真幸运！值班医生是老薛以前教过的一个学生。老薛一见到他，伤口仿佛就好了一半，浑身就像刚和媳妇亲热过一样轻松。这是一个多么令他骄傲和自豪的学生：在他教过的所有学生当中，只有这个学生让他体验到了作为一名人民教师的光荣与幸福。这个学生参加竞赛无数，捧回奖杯若干。最后以全市理科状元的成绩被北京的一所大学录取，成了他们这里唯一在北京上学的人，当然这里面没少凝聚老薛的心血。尽管上学之后一直很少和老薛联系，可是只要谁提到这个学生，老薛都会两眼放光，滔滔不绝地说他头脑如何聪明、在校学习如何用功，好像是自己的儿子一样。现在，这个学生把老薛的手指轻轻处理一下，然后举起，用放大镜认真地查看了一番，说："血管断了，需要手术，不然的话就会引起神经坏死。"

"那需要多长时间？"老薛心头一惊。

"可能最快也要七天吧。"学生淡淡地说，"要么你先去交五千块钱住院押金，办好住院手续，下午就可以缝合。"

"五千？"老薛差点儿叫了起来，但他不能在学生面前失态，就说："我一天比较忙，这你是知道的，能不能不办住院，随便处理一下，我觉得没什么大不了的。"

学生似乎看出了老薛的心思，就说："报销下来自己出不了多少，你自己看着办吧。"

老薛就搪塞说要回家取钱，然后像逃兵一样跑到大街上。

"你疯啦?!"妻子边追边喊，"医生说得这么严重，你真是要钱不要命啦？"

117

老薛把胳膊一甩，把妻子扔在身后。这时，一辆轿车猛然来了个急刹车，老薛这才发现自己已经蹿到了马路中央。

"老师，你咋啦?!"一个小伙子把头探出窗外，热情地招呼着老薛，"去哪儿，我送你!"

老薛心里涌出一股暖流，紧接着又有一种莫名的尴尬：这小伙子念书时是个差生，自己没少整过他啊！最后在学校实在待不下去，就到省城一所高职学医去了。

老薛僵在那里，不知如何是好。

小伙儿发现地上有几滴鲜血，仔细一看是从老薛的手指流出，惊叫道："老师，快走，你如果放心，到我那里我帮你处理一下，我的诊所就在前面拐个弯儿。"

三天后，老薛的手指开始结痂；七天后，手指已经痊愈。他特意地把手指活动了又活动，觉得和以往并没有什么两样。他就自豪地对妻子说："咋样？你现在该知道什么叫作'桃李满天下'了吧?"

接娘回家吧！

孩子出世已经三天了，阿来始终不去医院打个照面。

妻子急了，丈母娘急了，就连一块儿接生的妇产科医生也觉得奇怪。

丈母娘见四处无人，悄悄地问女儿："这孩子是不是阿来的？"

"你说的啥话？不是他的还是谁的？"女儿气冲冲地说。

"那你打电话问他是什么意思？"丈母娘生气地说。

电话通了。阿来在那边心平气和地说："不是我不愿来，要么你把这个孩子送人，要么咱就离婚。"

"为什么？"妻子暴跳如雷。

"我不喜欢男孩儿。"阿来说。

"你疯啦？！这可是你家的香火！"妻子说，"多少人想生男孩儿还生不到呢！"

"有什么好？生一个女孩儿多好！什么香火不香火的！你看你娘生你，再想想我娘生我，天壤之别啊。你每次给你娘一给就是五百，而我一年最多也只能给五十；自从我们搬到这个城市，你娘天天与你朝夕相伴，而我娘至今一人在老家当留守老人，连我门朝哪个方向开还不知道,要儿何用? 养儿何益啊! 再说,当年我父亲病逝,我高中还没毕业,后来我娘把我领去找单位领导,让我顶替父亲的工作,好说歹说,领导就说现在'接班'的政策已经取消,他也无能为力。我娘就双膝给人家跪下,让领导看在和我父亲同学的份上,看在孤儿寡母的苦命上,给我们一条生路,领导上下通融,才有我今天,现在想起来都很心寒!"

妻子沉默半响,最后一字一板地说:"那接娘回家吧!"

怎么办？

王厂长才上任那几年顺风顺水，连续三年创造了建厂以来的最佳业绩。可好景不长，近几年就飞流直下，效益一年比一年差，生产的产品堆积如山。一看那些滞销的产品，就像自己养了一窝嫁不出门的女儿，心里甭提有多难受。销售部的小严经理脑子比较灵活，看到整天愁眉苦脸的王厂长，就建议说："能否把本市的文化名流请来开个座谈会，让他们对产品宣传宣传，说不定还能在市场上产生一定的推介效应。"王厂长说事情是个好事情，但得多少费用啊？小严经理说："这不花多少钱，文化人嘛，和影视明星不一样，他们把钱看得不重，他们看重的是自己肩上所担负的社会责任。大不了就是几桌酒菜，最后再把我们的产品给他们赠送一点也就可以了。"王厂长觉得言之有理，就吩咐他办好此事。并且特别交代说不能开门见山说请人家来写宣传文章，而是要谦虚地说想请各位专家给本厂的生存和发展提点儿宝贵的建议。

在座的各位虽是文化界的名流，有的可以说是著作等身，可对企业管理是一窍不通，都心知肚明地在听完汇报后就开始构思如何把文章写好，对企业的管理闭口不谈。作协副主席一看气氛冷淡，就说："既然王厂长请我们来到这里参观、商讨，给企业的生存和发展提供可行的建议，我们就不能在这里当个榆木疙瘩，不然这样的活动就失去了意义。既然大家谦虚,那我就先说几句,目的是抛砖引玉。首先,我要说说企业的文化,我一直认为这是企业的发展命脉。那么你们工厂的文化氛围在哪里?请你们管理人员好好深思一下,必要的时候可以成立一个专门的部门,来好好酝酿一下企业的文化。其次,我要说的就是一个价格问题,现在的人都好面子,买东西不看质量咋样,关键是看价格的高低。既然你的产品这么好,为什么不把价格再往高抬一些呢?最后,我想说一下产品的包装,这就跟人穿衣服一样,尽量要设计得高大上,最起码把我们大西府的文化也要容纳进去!这样一是显得有地方特色,二是——"

话没说完,作协主席就故意咳嗽了两声,心里嘟囔说:"这个家伙也太不识相了,你究竟对企业懂些什么就在这儿大放厥词?给你根麦秸秆竟当成拐棍了!再说,要发言也该由我先来,要么也该由方正作家来说,这是我市的一张亮丽的名片呀,在全国都有一定的影响力,你倒在这儿呱唧个啥!"他就毫不客气地打断了副主席的发言,说:"我本不懂企业,也就谈不上什么建议,如果说了行外话还会闹成笑话,可我在这儿要纠正一个观点,那就是什么是文化。文化这个东西确实很难定义,至今没有一个完整的答案,这是我们文化人非常头疼的一个问题。龙应台曾说:文化其实体现在一个人如何对待他人、对待自己,如何对待自己所处的自然环境。所以说并不是你在厂房悬挂几条标语就能彰显企业文化,也不是说你在门口做一尊雕塑就是文化。我可以坦率地告诉你,厂子能从发展走到今天,这 60 年的风雨历程本身就是一种文化!你没看见那些工人做每一件产品都像在做一件工艺品吗?这就是工匠精神!这也是一种文化!这是流淌在每一个职工血液里的文化!"

秘书长的心也跳到嗓子眼了!他一等作协主席把话说完,就连忙说:"至于价格的问题,我很赞成现在的价位。不是有一句话说得好——物美价廉。这才是企业能长远生存的法宝,更是消费者普遍追求的心理。至于那些光想买贵而不看产品的人,我觉得就跟阿Q一样可笑!便宜的东西难道不好?我希望要让人人都能享用这种产品,并不是满足那些有权有势的富贵圈子!包装也没有必要追求所谓的高大上,朴素本身也是一种美!我还想建议王厂长,你是否在产品研发上考虑向多元化发展,不要光满足现在的几种产品?"

王厂长微微地点了点头。

作家方正本不想发言,但他实在看不惯秘书长这种投机钻营行为,心想也太会表忠心了,你究竟有何德何能还敢在这里叫嚣?也不看看你这秘书长来得光彩不光彩?他就无情地进行反驳:"价格是要遵守价值规律,这是人人都明白的道理,但也要迎合消费者的心理。一个厂子的生存并不在乎你生产的花样增多,而是要看有没有主打产品。把一两样产品做强做精难道不好吗?这就像我们写作,关键要靠作品说话!你虽著作等身,但没有标志性的东西,那又有何用?!"

秘书长热辣辣地朝作协主席看了一眼,作协主席只是向他使了一个他没看懂的眼神。其他的作家也把话匣子打开,纷纷说出自己的看法。但谈来谈去,无非就是表明谁坐哪个山头的问题。销售部的小严经理一看火药味儿挺浓,就赶紧说道:"各位专家,大家给我们提出了非常宝贵的意见,我们非常感谢!下去一定会认真落实,现在略备几桌便饭,请大家边吃边聊。"

人们陆陆续续地离开了会场,只有王厂长一个人在那里发呆。他反复看他记录的各条意见,一个劲儿地问自己:该怎么办呢?

我们的生活充满阳光

亚轩把最后一个标点符号完成之后，就把键盘掀到一边。踱步走到阳台，点燃一支香烟，贪婪地享受着午后这点儿安逸的阳光。

他认为这是他所有创作中最出色的一篇小说。不管选材还是写法都有绝对的创新与提高。那跌宕的故事情节、鲜活的人物形象以及最后那令人意想不到的结局还不停地在他眼前晃悠。

他又仔细地把稿子修改了两遍，满怀信心地叩响区作协主席的大门。区作协主席一会儿把眼睛睁大，一会儿又把香烟在烟灰缸摁灭。如此反复几次，最后把眼镜摘下来放在棕色的办公桌上，皱着眉头毫不客气地说："文笔倒还不错，可惜是废纸一堆！你写的是哪里的风光啊？是大秦岭的风光还是大草原的风光？是你家乡的田园风光吗？这没有写什么风光啊！"

亚轩一愣，心里说这哪是什么风光啊？这明显就是为了反映农村两大家族为了在村里活得风光而进行的一系列争权夺利的斗争，最终弄得两败俱伤的结局而设的题目，咋能和风景类的主题扯在一起？可他还是小心翼翼地说："主席，您没理解我的主题，我这个风光是活得光彩的意思。"

区作协主席冷冷地说:"我明白,可你也不能这样写啊!基层干部如果都是你写的这种形象:想当干部就靠贿选,当上干部就想着贪污;霸占妇女,欺辱百姓。那老百姓还有什么活路?那我们这个国家还有什么希望和发达?!没有正能量嘛,这样的作品谁敢刊发?"

亚轩说:"主席,您没生活在农村就不了解农村的情况。农村现在有的地方确实是贿选成风啊!每次一到换届选举,各色人物和各色势力都要粉墨登场,全力以赴博弈一番,流血冲突时有发生,每次都有公安干警全力出动,乡村政权治理已经到了不容忽视的地步。我在文章的最后说上级组织已经意识到这一点,所以才会采取果断措施,粉碎两大家族的阴谋,这难道不是正能量吗?如果没有全面落实中央出台八项规定精神,孙氏家族的敛财岂不成功了?"

区作协主席把烟灰缸里摁灭的半支香烟重新点上,吧嗒吧嗒吸了两口,说:"那你也不能这样写,一篇小说里必须有一个正面人物。你就要把支部书记写成正面典型。为啥,党代表一切你懂吗?还有,你不能把自己写成'两面烧',你自己都成两面三刀了,读者将如何看你?"

亚轩心里倒吸了一口凉气,心想我这是采用第一人称的写作手法来进行叙述,咋能把这与作者本人进行等同?看来,这个主席真是个主席啊!于是就问:"看来我这小说是无法在您这刊物发表了。"

区作协主席一字一句地说:"要发表你必须按我说的来进行修改,否则我也爱莫能助。还有你这个小说的题目也要进行修改,不能叫'风光',应该叫作'我们的生活充满阳光'。这样一来,正能量满满,听见没?"

半月后，亚轩的这篇小说一字未改在国内一家比较有名的刊物上发表，在当地文学圈子引起了不小的轰动，市作协还把他列为重点创作对象进行扶持。在一次笔会上，亚轩无意间问了句区作协主席："我就想不通，我这篇小说为什么当时在我区不能发表？"

区作协主席脸微微一红，说了句审美观点不同，心里却说："亏你是个写小说的，虚构情节那么精彩，难道看不出我的内心世界？如果我把你的作品拿来在我主编的刊物发表，那我屁股底下的主席位子还会不会稳当？"

微信，微信！

夜，黑得像被刷了一层油漆，只有几只夜莺在丛林里啼叫。

张兰躺在床上，双眼直勾勾地望着天花板发呆。

三万块啊！不是小数字，就短短的几个小时，就跟秋风扫落叶一样，被扫得一干二净。她越想越气，越气越想。她恨自己手气背，她恨自己禁不住诱惑，她更恨桂花儿这狐狸精勾引，要不然——

"妈，咋不开灯？"儿子进门就问。

张兰瞪儿子一眼，没吱声。

"妈，我饿了！"

"吃，就知道吃！"张兰一股脑地把气发在儿子身上，恶狠狠地说，"喂猪是不？"

儿子委屈地站在那里，泪水在眼眶里滴溜溜打转。

张兰摸摸衣兜，把仅有的十元钱递给儿子，说："今晚你就将就下，先到外边买点吃的，妈下午没做饭。"

儿子消失在夜色中，张兰的眼泪也爬出眼角。

是啊，丈夫天天把她留在家里干啥？还不是为了照看儿子？可她现在一天除了打牌、遛狗、逛街，就是刷微信，最近抓赌风声紧了，他们就干脆建了一个群在网上狂赌,对儿子的学习不闻不问,更别说是了解思想动态了!现在,连最基本的温饱都不能满足,像个做母亲的吗?失职啊,失职!她在心里责备自己。

张兰掏出手机,让儿子早点回家睡觉,儿子说自己已经在学校睡了。

她心里有种怪怪的感觉,没有洗漱,也没有脱衣,到卧室睡了。

她卧室的窗口正好对准桂花儿的窗口,尽管拉了窗帘,她还能看到里面泛着氤氲的灯光,并不时地传来桂花儿颤巍巍的叫声。这种叫声在这寂静的夜里是多么的刺耳,多么的放荡!她的体内立即有种异样的感觉,死鬼,一天就知道挣钱,哪里能想到我独守空房的感受?空夜难熬,空夜难熬啊!钱,钱能干啥?能买药就能买到健康吗?能买衣服就能买到精神吗?此时,她并不为下午输掉金钱而烦恼,反而觉得这是对丈夫最好的报复!你挣吧,看你能挣多少?你能挣我就能输,最好输得一文不剩!她就打开手机,随便叫了几个微友在群里赌博。

"砰砰——"楼底传来轻轻的敲门声。

"谁?"张兰问。

"你四叔。"楼底的男人小声说。

张兰穿着低胸睡衣,显得特有性感。

"我给你送钱来了。"四叔说,"赌要有限度,不能任性!幸亏我赢了,要不然——"边说边把两万块钱递到她的手中。

张兰激动地朝四叔胸脯一靠,小声说:"你太好了,四叔,我咋报答你?今晚你就——"

"那不太好吧？传出去岂不成了笑话？"四叔惶惶地说。

张兰面颊贴着他的面颊，喃喃地说："四婶也大半年没在家了，我不知道你心里想啥？不就是辈分高点？那算个啥，只不过是嘴上一个称呼而已，灯一拉，谁还管下边啊？要是早几年相遇，说不定我就嫁给你了。再说，这深更半夜，只有天知地知，你知我知。"

两具肉体就这样媾和在一起。

事毕，两人都觉得是多么的心跳，多么的刺激，好像是人生初次那种感觉！张兰激动地说："你以后要来，提前发条微信就行。"说完，她就把刚才录的视频传给四叔，说你还是留个纪念吧！

尽管她玩微信已久，可是由于过分激动，在点击分享给朋友时，手指一颤，还是没注意分享到了朋友圈。

天明，阳光依然明媚。张兰还沉浸在昨晚的幸福之中，兴冲冲地拉着小狗在河堤溜达。她发现每个人看她的眼神都充满怪异，并且有的还在哧哧暗笑。她还是高兴地把河堤走完，刚回到家，四叔就气喘吁吁地说："不好了，你咋把那玩意儿捣弄着干啥？你瞧你，你把那东西分享到朋友圈了！"

张兰两眼一黑，把手机扔到河里。觉得自己无脸见人，更无法面对自己的丈夫和自己的孩子，跟跟跄跄地走到对门商店，买了一瓶农药，把门闩紧，一口气喝了下去……

老纪戒烟

天空飘落一片片黄叶,秋天的脚步蹒跚地向我们走来。

老纪仍和往常一样,吃罢晚饭,手里不停地转着两颗明晃晃的钢球,在河堤上悠闲地散步。突然,他觉得大脑"嗡"地一阵乱响,天地间顿时旋转起来。他静静地站了几分钟,小声咕哝两句,又扭扭脖子,稍缓过神,又继续在河堤上走着。

老纪对自己的健康状况还是挺自豪的。虽年近古稀,可从未吃过一片药,打过一次针。偶尔有点儿风寒感冒,清晨起来沿着街道小跑两圈,或是晚上临睡前煨一壶烧酒,痛痛快快地饮几盅,一觉醒来,屁事没有。哪像现在的年轻人,稍有个头疼脑热就要挂几天吊瓶,简直就是屁搅豆渣做的嘛!

天稍微有点儿麻麻亮,老纪就要起床,准备再到小区锻炼一圈。可无论怎样用力,身子就像在床上黏住一样,动弹不得。他觉得大事不好,就赶紧摇醒老伴儿,"他娘、他娘"地叫个不停。

老伴儿还在甜蜜的梦乡,猛然被叫醒,心里很不耐烦,嚷嚷道:"死鬼,你醒了就不想想别人?这辈子不知倒了什么霉,跟你就没睡上一宿安稳觉!"

老纪说:"赶快扶我起来。"

"什么?"老伴吃了一惊,赶紧把灯拧亮,发现老纪脸色不好,就带着哭腔去喊儿子。

老纪剜了她一眼,说:"大惊小怪的干啥?不就是有点儿头疼,你这哭哭啼啼的人家还以为我死了呢!"

儿子把他扶上车,去了市中心一家医院。刚进大门,老纪就看到那块戒烟牌子,心里甚是别扭。这哪是什么温馨提示,简直就是剜人的刀子。那一个个红色的大字就是人体内流淌的血液嘛!不让我抽烟,那还不如直接让我死了灵醒。① 他突然觉得这肃静的地方不是给活人治病的医院,而是一个陈放死人的殡仪馆。那些穿着白衣,戴着白帽的医生不正是披麻戴孝的孝子贤孙吗?你听那边现在还有撕心裂肺的哭声!

检查报告出来了。医生认真地对老纪说:"同志,你这是由于过量吸烟而引起的慢性脑梗,需要住院接受治疗。"

"可以抽烟吗?"老纪问。

"你现在什么都可以吃,就是不能吃烟。"医生认真地说。

一块儿陪同的儿子忍不住笑了。

老纪恍然大悟:"这明明是儿子捣的鬼嘛!现在居然让医生来糊弄我。想当初,你爷抽烟我还亲自给点火,没想到你竟这般不孝!"顿时火冒三丈,气愤地说:"不看了!"

儿子有点儿莫名其妙,拉住老纪的衣角,说:"爸,你怎么啦?"

"你还有老爸?"老纪气冲冲地说,"你爸仅有的一点儿衣禄都让你

---

① 灵醒:西北方言。干脆的意思。

剥夺了。"

儿子不解，说："你把话说明白。"

老纪问："医生的话是不是你提前串通好了的？"

儿子一脸委屈，说："我咋能做那种事？你想戒就戒，明人不做暗事。"

"谁信你的话。"老纪说，"不抽烟，不喝酒，死了不如狗。"

儿子无奈，就带他去了另一家医院。

这是一家久负盛名的武警医院，不知治愈了多少疑难杂症。出乎老纪意料的是：这位医生的话更像是晴天霹雳，说如果他不及时救治，最多还有三个月的时间。

老纪一惊，意识到问题的严重。问："如果戒烟治疗，还能维持多长时间？"

医生沉吟片刻，说："至少五年。"

老纪听后哈哈大笑，说："我还以为是长生不老呢，谁稀罕这五年！头可断，血可流，丢条性命算个球，还是抽烟能解愁。"

医生想要发作，稍后又心平气和地说："老同志，生命非常可贵，容不得半点践踏。"

老纪说："人活着，就要快乐，就要追求自己喜欢的东西。只有追求到喜欢的东西，才能彰显生命的珍贵，才能活出人的尊严。如果仅仅为多活几天而放弃自己的追求，那和苟且偷生有什么区别？那你这条生命就是傀儡生命，你的灵魂就是丑陋的灵魂。"

医生苦笑了一下。

老纪依然在狠狠地抽，抽的频率高出以前的好多倍。他知道：自己的时日不多，抽一根，少一根。抽得多了，思维也就活跃起来，有时他也展开对人生的思索：人这一生到底图个啥呢？与其忍疼割爱的活，还不如痛痛快快地死。生来死去，又何必以死惧之？

火虫一步步蜿蜒前进，青烟一缕缕在头顶盘旋。他想，人这张嘴也挺厉害的，吞下五谷杂粮，吐出万语千言，并且还能容纳这么多的浓烟来熏！要是放在窑洞，不熏黑才怪？他又吐出一个烟圈，烟圈缓缓地在他头顶盘旋、升腾、拉长，最后又弯弯扭扭，像一条游动的水蛇。他又仔细一看，那是一条长长的飘带，飘带的那头，有一个漂亮的女人在向他招手——

老纪欣喜若狂，向女人所在的方向跑去。张开双臂，那女人就顺势钻进他的怀里，瞬间变成一只糟糠一样的母鸡。老纪还在吃惊，母鸡就不停地啄他双臂，一字一句地说："我让你抽，让你抽，你把我抽得断子绝孙了。"

老纪迷惑不解，说："你断子绝孙与我抽烟何干？"

母鸡啄得更猛，泣不成声地说："你好好看看，我是不是你家原来喂的母鸡？每次我刚一下蛋，你就拿去换烟，我没了鸡蛋，还孵什么小鸡？"

老纪这才想起年轻时代的一件趣事：那时手头拮据，可烟瘾挺大。每次都是靠鸡蛋买烟，日子长了，老婆不免要唠叨几句，说是不顾家里光景。后来他索性戒了一段时间，可在戒烟的日子里，母鸡连一个鸡蛋也不生产。他说："还是让我抽吧，我抽烟的日子里，母鸡每天还下几个蛋,可现在呢,既不是歇窝的时节,又不是没有喂好,什么原因呀?"老婆说:"那你再抽,看母鸡还产蛋不?"凑巧的是,就在他抽烟的那天,母鸡居然下了一个双黄蛋!他自豪地说:"天意呀!天让我抽,我岂有戒的道理?"惊得老婆一时语噎。

老纪骑着母鸡,展开翅膀飞向高空。俯视大地,他看到了林立的高楼、清澈的河水、浑厚的土地和那葱绿的庄稼,以及巍峨的秦岭之巅那缥缈的云雾。他才明白人间生存的世界是多么美好!别了,生我养我的土地;别了,我生我爱的子女!他隐约听到子女们悲痛的哭声。

"带上冰罩,准备开颅。"医生冷冷地说。

老纪恍惚觉得自己成了航天英雄,翱翔在神秘的太空。他看到了嫦娥,看到了吴刚,看到了那只可爱的玉兔。他也看到自己的父亲在那棵葱绿的芭蕉树下痛苦地抽泣。父亲亲口告诉他:"在这个冥冥界府里,同样容不下一个烟鬼呀!"

大病初愈的老纪现在对世界充满了眷恋。经历了一番生与死的洗礼,他陡然明白了生命的珍贵。他把烟盒扔进河里,长吁一口气,喃喃地说:"今生要永远与它诀别了。"

太平渡

方子期接到人劳局的通知时，天色已接近黄昏。

他觉得一切来得突然，也觉得一切都在预料之中。在一阵狂热的兴奋之后，愁绪又随之而来。连续下了七八天的大雨，道路冲垮，河水漫延，要在明天九点之前报道，即使孙悟空再世、神仙下凡恐怕也难以到达呀！他开始埋怨老天，埋怨老天故意和他作对；接着又埋怨父母，埋怨不该把他生在这个穷乡僻壤；最后他又埋怨人劳局的领导，为什么给他通知得这么迟，这不是明显给他使短吗？一阵埋怨过后，他又觉得自己的埋怨是多么可笑！天大由天，你一个凡夫俗子能耐之若何？赶紧收拾动身才是正事。他就心急火燎地收拾几件急用的东西，徒步行走在泥泞的羊肠小道上。

雨唰啦啦地下，密密麻麻像空中斜织的纱布；乌云把天空夯得严严实实，让人觉得万分压抑；萧瑟的秋风钻进裤筒，让他打了一个寒战。路上没有一个行人，一切都像死了一般地沉寂。好不容易遇到一辆摩托车，他像遇到救星一般。出于本能的反应，"扑通"一声双膝跪地。司机先是一愣，当听完他的陈述，爽朗地一笑："说，这是好事，我就当回义工吧！"

太平渡到了。这是一个千年古渡，谁也说不清它形成于何时。在盘古开天辟地时，它就可能横据于此。它既是这座县城的一个天然屏障，又是制约这个县城以南几个乡镇发展的瓶颈。更让人苦不堪言的是，由于这道天堑，逼死了多少病人，丧生了多少产妇，使他们失去了生命中最宝贵的抢救时间！早在20世纪60年代，东风汽车制造厂想在"天堑"以南的旱坝川建厂，顺便修建一座大桥，可是在那个以粮为纲的年代，毁地建厂无异于要老百姓的命！所以这个项目一时搁浅，一错就是50年！现在，趸船早已停渡，机船也不敢在这么大的洪水面前铤而走险。只有那咆哮的江水气势汹汹地奔跑，似乎在炫耀自己的神奇和人类的渺小——

夜色缓缓笼罩着大地，"天堑"对面的小城开始霓虹闪烁，方子期绝望了。他明白，如果今晚赶不到县城，明早将错过去省城的列车，那就意味他将失去一次绝好的就业机会。郁闷、烦躁、阴冷，将他重重包围。在怒吼的江涛声中，他听到了时断时续的歌声，这是他们当地非常有名的一段民歌，曾排练成大型歌舞剧在省城会演，这里的老百姓都耳熟能详：

蓝幺兰草花哟，幺咿呀噢好嗨，

不呀不会开哟，幺咿呀噢好嗨。

他忍不住大喊一声："有——船——吗——"

怒吼的江水把他的声音吞噬得无影无踪。

他又拉长调子，大喊一声："有船吗？求你行行好——"

这时，身后的半坡上慢腾腾地出来一位中年男子，佝偻着腰来到江边,提起锚头,把一只小舟拉到稍微平静的港湾。大概是怕夜间涨水把小船冲走吧?

方子期赶紧跑过去,带着近乎哭腔的声音说:"老伯伯,求您把我渡过去吧?不管要多少钱都行。"说完,不争气的眼泪唰唰直流。

中年男子说:"钱不钱都是小事,关键是这么大的水,安全难保呀!万一——"

方子期急忙说:"我不怕,有啥一差二错我决不怪您!"

中年男子说:"您有什么急事?明天早上不行?晚上这黑咕隆咚的——"他欲言又止。

方子期又把自己的要事重说一遍。

中年男子沉默半晌,说:"既然你是个才子,那我就考考你。有次我随口想了一句'太平渡口渡太平'这句上联,却怎么也想不出下联。你若能对,我就送你!"

方子期想了又想,还是找不出一句合适的下联。忽然,他想到自己报考的职位,灵机一动,说:"'安康报社报安康',您看行吗?"

中年男子高兴地说:"好,好!小伙子,有两下!"说完,解开缆绳、收住锚头,对方子期说,"小伙子,我们这一行有讲究,就是千万不能说不吉利的话,像'沉了''破了''球了'之类的话千万不能说。"

方子期认真地点了点头。

中年人把竹篙往岸上一撑,小舟就悠悠荡荡地向江心驶去。

方子期高兴极了。现在他才觉得对岸的霓虹是多么的灿烂,传来那缥缈的歌声是多么的悦耳。

船到岸了,方子期将事先准备好的一沓酬金塞进太公的衣兜。太公说啥都不收取。说:"小伙子,你去省城,用钱的地方多。我这只是耽搁一点时间,没什么大不了。如果想挣钱,我是不会送的。你记住:无论你将来干啥,钱都不是万能的。"

方子期的眼眶湿润了。当他到达旅店,准备登记时。才发现自己的身份证和准考证已经丢得一干二净。

他像丢了魂一样飘荡在大街上,欲哭无泪、欲诉无声。不知该往哪个方向走。明天,明天对自己来说还有什么意义?稀里糊涂地走进一家饭馆,要了一瓶烈酒喝得醉如烂泥。最后,他像一条丧家之犬,战战兢兢地走进候车室,倒在凉椅上,望着天花板发呆——

煎熬的一夜过去了。天晴了,久违的太阳露出了笑脸。候车室人流如织。落魄的方子期站在候车室门口,无精打采地像霜打的茄子一样。这时,一个熟悉的面孔映入他的眼帘,正是昨晚渡他的太公,他提着一个塑料袋,也在人群里东张西望——看到方子期,微微笑了笑,说:"年轻人,要细心呀!"

方子期的眼眶再次湿润了,紧紧握住他的双手。望着那渐渐远去的背影,现在才觉得,怒吼的江水在这人间大爱面前又算得了什么?

说说

老王最近特爱在空间里发表说说。

一日三餐要写条说说，穿衣脱鞋要写条说说，和好友说句闲话也要写条说说，包括每日的空间访问量他也要写条说说，说什么今天有好多网友访问空间，包括省城、外省共有多少人等，如果有一个领导或知名人士来空间访问，那别提有多高兴了，感谢的语言说得比屁还多！更别说头疼脑热、加班加点和给别人帮什么忙了！时间长了，一些人在背后就议论说他要么是绝对的空虚或者无聊，要么就是脑子有病；还有人认为他是极度的虚伪。但不管怎样，他仍然我行我素，继续在空间里说得不亦乐乎。

一天下午，天气微凉。局长忙完手头的工作，一看下班时间尚早，就随意打开 QQ 浏览一下空间动态。当他看到老王在空间里发了条："尽管最近身体一直欠佳，医生多次催促要住院治疗，但一想到自己手头的工作没有完成，害怕影响单位的考评等次，为了集体的荣誉，坚持！"局长心头微微一震，小声嘀咕句："没想到老王还有这么高的觉悟？看来我以前错看他了。"随手在后面点了一个大赞。

老王没想到这条说说居然引起了局长的注意，心里有种说不出的愉悦。这晚他故意很晚来到医院，等到凌晨一点，他又在空间说了句"点滴进行时"并且附了一张在医院挂吊瓶的图片。

　　局长很受感动,第二天一早就把老王叫到办公室,亲自给他倒了一杯开水,亲切地说:"王主任啊,工作上的事情可以歇歇,身体要紧,如果实在坚持不住,你就休假歇歇吧!"

　　老王说不要紧,老毛病了,等这阵检查过去再说,然后起身告辞,并且在单位干得更卖力了。不仅做好自己的手头工作,而且利用休息时间帮忙打扫卫生。局长高兴地说:"单位有个老,实在是个宝啊!"

　　没过几个星期,省文明办给单位一个"道德模范标兵"的候选指标,局长就毫不犹豫地把这个名额让给老王,并在会上一再强调让大家多多关注,多多动员自己的亲朋好友在网上进行投票。一是不要把指标浪费,二是要让肯奉献的人得到应有的荣誉。再说,推出老王也是我们单位的一个荣誉嘛!

　　"局长咋了?咋能把这样一个人树为标杆?难道是他的说说起了作用?"一位同志在办公室小声发牢骚。"就是,局长也太容易上钩了。"另一个也在附和。"就连那输点滴的照片都是假的,局长也不仔细看看,老王的胳膊能有那么粗,胳膊上有那么多的毛吗?""什么社会嘛,唉!"其他同志也在小声嘀咕。眼看投票的日子快要结束,老王的票数还一直居在末尾。局长急了,老王急了,就连整个系统的领导也急了!这天,局长号召全体干部放下手头的工作,全天在单位微机室给老王投票,老王的票数这天就像电梯一样飕飕狂升!

　　后台工作的人傻眼了,这咋跟吃错药一样?前一段时间为什么一直没有动静?他们就核查一遍 IP 地址,原来都是一个地方!

　　领导"哈哈"笑了两声,指着老王的头像对工作人员说:"把这个人物给我销了。"

最美的遗嘱

万德权老汉在重症室里还未苏醒，三个儿子就在外面嚷嚷起来了。

小儿最先说："老爷子这次是大限到了，这么久还未苏醒，少见啊！"说完还忍不住"嘻嘻"笑了两声，一点悲伤都看不出来，似乎比快要生孩子还要高兴。

老二也眉开眼笑地说："估计是凶多吉少呀，都七十多岁的人了，又是二次手术——"

老大没等老二把话说完，就长叹一声，说："五年是个关呀！"

老二、老三没有理解他说的意思，惊愕地望着他。老大接着说："癌症手术做过以后一般在一、三、五年最危险，五年一过就基本没事了。这次老爷子的伤口感染几乎延伸到了心脏，要想苏醒就只能看造化了。"

老大是学医的，并且在医学界享有较高的声誉，他的话无疑是最有权威的。老二、老三一听父亲被判了"死刑"，也在那儿兴高采烈地大声议论着。

门"砰"的一声开了，穿白衣服的护士把他们狠狠地瞪了一眼，用嘴噘了噘墙壁上那"肃静"二字，又"噔噔噔"的沿着过道走远了。

弟兄仨又安安静静地在门外候着。

猛然，老二一下子站起来，对其他两个弟兄说："既然老爷子难逃此劫，我们还坐在这儿干什么？找个僻静处商量后事吧！"

老大、老三纷纷赞成，弟兄仨就走到医院外面的老槐树下。老大深深叹了一口气，说："咱娘去世得早，父亲辛辛苦苦把我们拉扯成人，实在不易。为了不留遗憾，我已委托朋友在终南山外购买一口上等的柏木棺材，这个钱一万多元，我一个人出；父亲死后的穿戴就由你们俩负责，没有意见吧？"

老三说："那不能让你一个人出那么多，不管花多花少，我们弟兄仨应该均摊。"

老大说："我是长子，吃点儿亏应该的。再说，我手上相对要宽裕一些。"

老二不但没有领情，反而不屑一顾地说："两个榆木疙瘩，人死如灯灭，最后还不是化为一抔泥土，穿好戴好起啥作用？再说，现在干部职工若不火化，那死后的二十个月的工资不是白白扔了？"

"那你说咋办？"老三问了一句。

老二说："既然不准土葬，棺材也就用不上了，就买一个比较好的骨灰盒，在老家给箍一口井不就结了？"

老大连忙摆手，说："不妥、不妥！不管咋的我们弟兄几个在村里也算是个人物，这样安顿父亲不怕乡亲们笑话？"

老二接着反驳："父母在，故乡在。父母没了，谁一年还能回去几次？再说，我们都已在城里扎根，还回乡下干什么？别人想咋说就咋说，我们又听不见。"

"那咱姨咋安顿？难道不需要照顾了？既然她和父亲结了婚，父亲走后我们就有赡养她的义务。再说，做人总得凭良心，不是她照顾父亲这么多年，我们能安心工作吗？"老大对老二说。

老二有点儿怒不可遏了，说："别提那个老狐狸，你以为她是真的照顾咱爸吗？还不是看上咱爸的几个钱了？你想一下，咱爸从高级职称上退休十五六年，这工资总共攒下来应是多少？我们弟兄几个谁用过他老人家一分钱？每次头疼脑热，还不是我们给花钱医治？把那个老宅子给她也就差不多了！"

老三也有点儿心动了，自言自语地说："真的，爸爸是老糊涂了，都老了还给我们找个后娘。每次他从鬼门关路过，从来不提遗产的事，他如果这次就这样迷迷糊糊地走了，我们还好意思过问？我看这次我们啥也不要了，爸爸的后事就让咱姨来安排，所收的礼金我们统统给她，以后我们就互不来往。"

老大摇了摇头，正要说话，老太太慌慌张张地跑来了。一把扯住老大的胳膊，哭着说："快去，快去，你爸走了！"

老二阴阳怪气地说："走了，你应该高兴呀，还哭什么？"

老太太边擦眼泪，边把一个存折递给老大，说："这总共有二十八万元的存款，你爸说他死后让你把这钱捐给政府，让在我们村上建一所小学。他说他从教几十年，最看不得乡亲们每天起早摸黑把娃送到十里开外的学校上学！"

老大眼睛模糊了，颤巍巍地说："那、那——"

老太太接着说:"你爸考虑那座宅子你们弟兄几个也用不上,日晒夜露没人维修糟蹋了可惜,就捐给村上让改建成老年活动中心,你们没意见吧?"

老大吃惊地说:"我爸糊涂了,都捐出去,您住哪儿?"

老太太嘴角露一丝出淡淡的微笑,这笑看起来比哭还要凄惨,说:"我是仰慕你爸的人品才和他在一块儿生活几年,现在他走了,我也该回到我儿子的身边了。"

是对，是错？

林木和苏童大学毕业了。苏童终于回到了市第三中学任教，过上了自己一向崇尚的那种简单而恬静的生活；而林木却极不情愿地穿上那身蓝色的制服开始他的警坛生涯，每天提着警棍穿梭在城市的角角落落。尽管他们生活在同一座闹市，可如织的车流和耸入云霄的楼层把他们隔得犹如千里之遥。

一有空闲，林木总爱翻开枕头边的相册，看着他们曾经在海边的追逐，在草原上的奔跑，那咆哮的浪花、洁白的云层，以及那开心的容颜，每看一次都会温暖他的心窝。或是打开手机，看着那些倒背如流的聊天记录，脑海里尽情地回忆起往昔那些温馨而浪漫的故事。每看一次总会觉得时光太短，好事太少！现在最令他忐忑的是：苏童最近好像变了，对他有种疏远的意思，每次打电话，没说几句就找借口匆匆挂掉；约她吃饭，她总是犹豫不决地推辞。"忙，真的很忙吗？再忙也要吃饭呀！"他在心里不停地问自己，可隔行如隔山，谁知道她一天究竟要干些啥？眼看自己的生日马上来临，苏童会不会像过去一样送来一个大大的蛋糕和一束诱人的花朵？在柔和的烛光下送上祝福，最后再给他一个温馨的拥抱？想到这儿，他棱角分明的脸上悄悄地挂起了红晕，含羞得像一枝欲开的花朵。激动的日子终于来啦,这夜,月色皎洁、星光灿烂,空气中也夹带有一缕缕迷人的芳香。苏童像往常一样如期而至。那芳香的花朵呀,简直浸透了林木的心窝。他分不清到底是苏童化作了鲜花还是鲜花化作了苏童。总之,只要苏童在他身边,他就觉得生活是非常美好!待烛光熄灭,准备温习那个浪漫的动作时,苏童一头扑进他的怀里,抽搐地说:"林木,我想和你分手。"

最担心的事情终于发生了,他愣头愣脑地站在那里,含含糊糊地问了一句:"找到好的了?"

"没有。"苏童摇摇头,晶莹的泪珠又爬上眼角。

"那为什么?"

苏童痛苦地望着他,嘴唇翕动了两下,似乎要说什么,可最后还是一言未发。她紧紧地抱住林木,良久,艰难地说:"不为什么。我们不合适,祝你幸福!"说完,飞一般地消失在夜色中。

"我幸福个狗屁!"林木这时气愤到了极点,望着远去的背影大吼了一声。他知道苏童是经过认真的思考才说出这斩钉截铁的话,她已永远地离开他了。他狠狠地把那束鲜花扔在地上,散落的花瓣在地上轻轻地颤抖,他似乎听见花瓣在隐隐地哭泣。他又颤抖地把它们拾起,用胶带把它们小心翼翼地粘在枝上。他知道:这是苏童送他的最后一件礼物了。哪怕最后化成泥,也是这世界上最香的一抔泥土。

苏童一口气跑到中心广场,休闲或跳舞的人们陆续离开,喧嚣的广场逐渐趋于平静。闪烁的霓虹灯不停地变换着色彩,给人一种诡异的感觉,也给这座城市增添了一种神秘的色彩。她找到一条石凳坐下,仰着头,尽量不让泪水溢出。可不争气的泪水怎么也不听她的使唤,依然像决堤的江水一样冲上面颊。她恨自己一言九鼎的父母,更恨自己的软弱无能,为什么不坚持和自己相爱的人在一起?是的,警察是危险职业,可并不一定天天都会有袭警的事件发生。再说,这个社会没有警察行吗?如果都不当警察,那谁来为社会除恶扬善、匡扶正义呢?尽管她能明白这个道理,可她的父母能听吗?她又试着给父亲发了一条短信,父亲冰冷地回答:没有商量的余地,必须分手!

月亮钻进云层,明朗的夜空顿时变得昏暗。浓烈的酒精在林木体内不停地燃烧,使他有种欲生不能、欲死不达的两难境地。他觉得他的世界从此被黑暗包围,永无光明之日。感情再好,显然是经不住现实的摧毁。他明白,苏童不忍心和他分手,只是他不该从事这个职业!

对于他来说,完全可以称作"公安世家"了。在旁人眼里,也许觉得穿身笔挺的警服让人觉得潇洒,头顶那熠熠生辉的警徽给人一种说不出的威严。可这种世家生活并没有给他积攒更多的快乐,没有给他带来过多的荣耀,反而给他带来许多终生无法抹平的伤痛。10年前的一个夜晚,他和父亲在街上行走,刚刚走进一个黑暗的胡同,几个蒙面人就把他和父亲各自装进一个口袋,扬言说要为死去的弟兄报仇,准备把他们扔进大河,在父亲的苦苦哀求下算是给他留了一条生路,而父亲却从此离开了人间。他的那个胆儿呀,可能就在那一夜就被吓得四分五裂,从此只要一经过昏暗的胡同浑身上下都会起满鸡皮疙瘩。父亲走后,哥哥又被组织安排接班,干起了和父亲生前一样的工作,可不幸的是五年前又被一场人为的车祸夺走了年轻的生命。失去两个亲人之后,他发誓今生再也不干这种高危职业，可造化弄人，现在，他又穿上这身熟悉而又痛心的警服，生活在这座动荡不安的城市，干起这种生死未卜的职业，苏童忍心吗？她家人同意吗？

痛定之后，林木依旧平静地生活，只是面容憔悴、身板硬朗了许多。岁月留痕，使他的宗旨意识更加牢固；年年嘉奖，算是对他的付出做出了客观的回报。

这夜，天空没有一颗星星，四周也密不透风，闷热得跟蒸笼一样。他刚刚下班准备回家休息，路过那道阴暗的胡同时，一声刺耳的救命声划破了宁静的夜空。多么凄惨、多么熟悉，尽管他非常害怕黑暗，可他还是毫不犹豫地朝那个方向急速奔跑。

"苏童，快跑！"

苏童犹豫了一下，待她还未反应过来林木已将一个歹头迎面扑倒。这时，另一个丧心病狂的歹徒举起匕首从后背刺向林木的心窝。

"啊——林木——"苏童被惊吓得不知所措。

林木依旧在血泊里搏斗着，用命令的口吻吼叫："快走，这是我的工作！"

低沉的哀乐向四周弥散。苏童凝视着那洁白的花圈、熟悉的遗容，思想的闸门再一次无情地打开，往昔的记忆犹如银幕在她眼前溜过。这时她禁不住思考：当初的选择到底是对是错？

梦碎

王武捡了两颗野鸡蛋,兴冲冲地交到妻子手中。

妻子不屑一顾地说:"瞧你那副熊样,我以为捡了个金元宝呢?两个野鸡蛋就把你乐成这样?纯属没见过碗口大的天呀!"

王武说:"世上还是你们女人家见识短,看事光看脚背,鼠目寸光啊!这是两个普通的野鸡蛋吗?在我看来它比金元宝还要贵重!这是我的梦想之蛋、发财之蛋,也是关乎我家兴旺发达的金蛋!"

"拉倒吧!有那么严重吗?"妻子说。

王武开导妻子说:"现在啥最时尚?就是人们爱吃野味!什么野猪、野鸡、野羊、野兔,还有什么麂子、獾子之类的东西,这难道不是一个很好的商机?"

妻子一脸突兀,想说什么但没说出口。

王武继续说:"我先用这两个野鸡蛋孵出一对小鸡,然后再让这两只小鸡继续下蛋。这样,鸡生蛋,蛋孵鸡,循环反复,生机无穷。不出两年,我们就可以办野鸡养殖场了!"

"那万一孵出两只公鸡咋办?"妻子说。

王武一愣,然后又眉飞色舞地说:"这也不要紧,我就把公鸡带到山里,用它来引诱母鸡。这样总该可以了吧?"

妻子没有言语,只是嘴角挂了一丝淡淡的微笑。

王武就得意扬扬地问:"我说是两颗金蛋,没错吧?"

妻子没正面回答,问了句:"野鸡养殖场办好以后,你有什么打算?"

王武说:"这还用问,先盖一座大房子,再添置一些新家具,让你过上幸福的日子。"

"还有吗?"妻子笑着说。

"再买一些土地,置办一点儿家业。"

"还有吗?"

王武想了想说:"再到城里买两个门面,这样就可以坐在家里收租金了。"

"还有没有?"妻子问。

"没有了。"

"真的没有?"

"你让我说实话吗?"

"那当然。"妻子回答说。

"说了你可别生气啊。"王武说。

"实话实说,我哪有那么多的气。"

"我想请人给我生一个儿子,这么大的家业总该有人继承吧。"王武有点儿羞涩地说。

"啪——"王武没有感觉到脸疼,往前一看,两颗野鸡蛋已被妻子扔到墙角。

妻子说:"我就知道你这副德行,你就为你的梦想好好奋斗吧!"

崩 溃

　　天色一暗，月拢山头，薛顺子的心情彻底崩溃了。

　　这个店盘到手已经一个多月了，生意咋就这么惨淡呢？每天除了几只野狗偶尔在店门口撒欢儿，其他连一个客人也没有。想到当初他在这里打工，那生意红火的，简直可以用日进斗金来形容！每天人来人往，热闹非凡。头一天的客人还未退房，就有新的客人在前台排队等候。老板娘本来布满皱纹的脸蛋儿看上去就更加紧凑了，仿佛两只贝壳扣在上面。虽然丈夫每夜不归，但是一点儿也不影响她的心情。可后来不知咋地，说不搞就不搞了，并且还把转让价格抬得老高！薛顺子东挪西借，费了九牛二虎之力才把店面盘拢过来，准备大干一番的时候，偏偏遇到列车提速调整了时间，每晚准时来的列车给停开了！这等于断了他的财路，生意也就每况愈下。起初，还有少数的民工和学生前来住宿，现在学生也嫌交通不便，懒得为省几块钱跑到这个地方了。他想了许多招数来吸引客人，可每个月的经营总是入不敷出。狗日的老板难道未卜先知？还是提前挖到了什么风声？把人简直害苦了！薛顺子愤愤地想。可一看到每天水表在不停地转，想到电费、房租和银行的利息，他的头就"嗡"的一下大了！越开越赔，越开越赔呀！他也曾经在外面张贴过

"此店转让"的广告，可一直无人问津！

这夜，华灯初上，灯火阑珊。薛顺子正无精打采地坐在吧台打盹儿，妻子菊花碰把了他一下，他正要发作，菊花说："快看，那个女人像要住宿，你去招呼一下。"

顺子说："人家愿来就来，做生意不要强求。"

菊花生气地说："就你那死脑子还想做生意？坐在这里天上能给你掉馅饼吗？你没看外面每晚上都有人在拉客！"

"我最反感的就是那一套！"顺子还没说完，菊花就去把那个女人给拉来了。

"多少钱一晚？"那个女人问。顺子瞥了她一眼，发现她头发凌乱、脸色苍白，忧郁的眼神包藏着或多或少的哀愁。

薛顺子恻隐之心油然而生，说："60元。"

菊花狠狠地瞪了他一眼，对那个女人笑着说："妹子，他刚回来情况不清，60元的客房今晚都住满了。现在只剩180元的标间，你看能住不？"

年轻妇女犹豫了一下，还是掏了两张红色的票子递给了菊花。

"你为什么要那样？你看现在农民挣点儿钱容易不？"年轻妇女一上楼，顺子就开始教训菊花，"是60元就是60元，不要随便加价，做生意要重口碑，信誉无价！"

"呸！"菊花狠狠地朝地面吐了一口唾沫，讥讽道，"你重了这几个月的口碑，你收入了多少银子？不是我一天在帮忙料理，这店早就关门了！"

薛顺子一看战火将要升级就懒得说话，披上衣服，上楼去了。

刚上楼不久，就听见菊花在下面大声嚷着："没有，就是没有！我们店里今晚没住女人！"

"能让我进去看看吗？"一个男的在说，听声音好像有点儿焦急，"我从值班室的监控上，看到她在你这门口徘徊了一阵儿。"

菊花"哈哈"大笑两声，说："你以为你是公检法呢，想进谁屋搜查就进去搜查！你要进去搜查可以，那得给我出示正当手续。"

男子叹了一口气，摇摇头走了。

"咋回事儿？"薛顺子下楼问道。

"见了鬼了，"菊花愤愤地说："好不容易住了个客人，她男人还想从这儿领走。"

薛顺子说："那你就让她回去，留在这儿干啥？"

菊花一听就火了，说："你个软蛋，回去了房费咋收？我能把煮熟的鸭子放飞喽？"

顺子说："大路泼了油，小路捡芝麻！典型的妇人之见，妇人之见啊！"

"呵！口气不小啊！"菊花说，"不捡点儿小芝麻，哪来的香油往外泼！"

一看菊花还是如此不可理喻，薛顺子就来到街道，约了几个朋友，到茶楼喝茶去了。

约莫过了一袋烟工夫，那个男人又慌慌张张地跑来了。他把派出所开的协查通告往菊花面前一亮，说："现在该让我进去看看了吧！"

菊花傲慢地瞟了他一眼，冷嘲热讽地说："我还以为是搜查证呢，原来是张协查通告。对不起，我没有配合的义务！"

中年男子焦急地说：　"我眼睛跳得厉害，你还是让我进去看看——"

"你眼睛跳管我啥事？"

"我们吵架了！而且吵得凶！"中年男子说。

菊花"呵呵"地笑了起来，说："国与国之间还发生战争呢，两口子吵架有什么稀奇？不过我给你说实话，我这儿今晚没住女人，就是住有你女人，听你这么一说，我今晚也不让你带走了，万一回去你再实行家暴，那妹子多亏，做女人难啊！"

中年男子悻悻地走了，菊花带着十二分的喜悦回到卧室。她似乎从来没有今夜这般兴奋，还忍不住哼起了儿童时的小曲儿。

翌日中午，还没见年轻妇女来前台退房。菊花有点儿忍不住了，上楼询问今天是否还要续住。开门一看，那女人四肢僵硬地躺在床上，嘴角还残留有淡淡的白沫。

这是怎么回事？

夜很静，静得针掉在地上都能听到一声脆响。方蓉荫略一转身，隔窗望月，残月如钩。她脑海里突然想到了南唐后主李煜的那句"无言独上西楼"。寂寞的月光洒在地上，一切都显得影影绰绰。她摇摇睡在身边的强子。强子身若磐石，鼾声如雷。她在心里嗔骂道："死鬼，每次快活了就不管别人的感受。"又一转身，望着沐有月光的墙壁发呆。

"哈哈哈——"强子爽朗的笑声打破了夜的宁静，方蓉荫被惊了一跳。喊一声强子，无人搭理；又把他摇了两下，无人回应。她彻底生气了，索性给了强子一个耳光，骂了句神经病。强子这才打了一个哈欠，把她的肩搂了一下，问："你哪里不舒服？"

"你深更半夜笑啥？"方蓉荫问。

"笑了吗？"强子有点儿莫名其妙。

"当然。"

强子这才想起刚才的一个梦，他是很相信梦的。他认为，所有的梦境并不是日有所思，而是今后生活的一种预兆。梦中脱牙，必丧亲人；梦见蟒蛇，必要发财。他兴奋地对方蓉荫说，"我们要时来运转了，再也不用过这种捉襟见肘的日子了。"

方蓉荫噘了噘嘴,说:"你在说梦话吧?我们俩都是心比天高,命比纸薄,搞啥败啥。想当初,我们才高中毕业,办的养殖场红红火火,还是让一场禽流感给毁了;跑客运刚刚有点儿起步,偏偏又出一次交通事故。现在头无片瓦,手无寸金,家徒四壁,囊中羞涩,能有啥挣钱的路子?再说,孩子也一天天长大,花费一年胜似一年,何时才能翻身!"

"常言道:否极泰来。水遇绝境成瀑布,人遇绝境要重生。我已经想好发财的路子了。"强子说。

"干啥?"方蓉荫问。

"我要开一个童装店。"强子说。

方蓉荫把强子的额头摸了一把,说:"没发烧,说什么不着调的话呢?有哪个大男人开一个童装店?"

强子说:"经过一番摸爬滚打,我总算活明白了,现在怎样才能瞄准挣钱的路子?就是要摸准大众的消费心理。在我们这个风情万种的小城,谁的钱好挣?看来就是赚妇婴的了。你想啊,物以稀为贵。孩子少了,都变成宝了,谁还会在乎那几个小钱?你不经常说再苦不能苦孩子吗?这不光是你的心理,也是全社会的心理;谁愿意让自己的孩子穿得砢碜,你说呢?"

"理想很丰满,现实很骨感。我们的启动资金在哪里?销路又在何方?万一赔了咋办?我们实在经不起折腾了。"方蓉荫一连串问了许多问题。

"资金的事你不用操心,我们可以去银行借款嘛;至于销路嘛,我主张薄利多销,互惠共赢。我听知情人透露,这类服装的利润最低也在两倍以上。"

经过一番努力，强子的梦想终于实现了。为了进到好的货源，他专门请行家里手来帮忙把关；为了达到互惠共赢，他把利润全定在价格的 50% 左右。他想，我只有用优质的服装，低廉的价格，才能在这个小城站稳脚跟。开业那天，确实招徕了不少顾客。人们这里瞅瞅，那里瞧瞧，有少数"懂家"夸这衣服款式新颖，质地感强。强子听后心里非常舒坦，就跟喝了蜜一样，尽管这些都是看热闹的，可他还是觉得美滋滋的，好烟好茶不停地敬奉。稍后，一位"眼镜"拿起一件夹克问："老板，这衣服多少钱？"

强子看了看衣服，又翻了翻进货单，说："这是品牌服装，你如果诚心要，最低得 128 元。"

"什么？""眼镜"吓了一跳。

"这是最低价了。"强子补充说，"你可以到别处比一比、看一看，还是我这里最划算。"

"眼镜"说："价格怎么这样低，该不会是山寨版吧？是不是"黑丝棉"做的呢？

强子笑着说："这你尽管放心，假一赔十。我这里有正规发票，你可以过目。"

"眼镜"撇撇嘴，说："发票能证明什么？在这个年代，结婚都能搞假，开个假发票还不容易吗？我说年轻人，做生意一定要诚实守信，可不能黑心胡来呀！现在的小孩都是命根子，出了事你可负责不起的。"说完，就拉着小孩钻进了另一家商店。令强子可气又可笑的是，这家伙又拿了一件相同的衣服过来对强子说,"小伙子,你看,人家这348元的衣服摸起来手感就是不一样。"

强子差一点儿晕了,不知说什么才好。对门的老板和他在同一个地方进的货!他想,这家伙是有眼不识泰山,懒得和他一般见识。可是,一天、两天,几乎天天都有"眼镜"这样的人物出现。临近月末盘点,简直是入不敷出。方蓉荫说:"我们也该转变观念,这样下去最终是死路一条。要不,我们明天也把价格标高一些,并且还要注明'专卖商品、谢绝还价'。"

第二天,强子按妻子的方法去做,果然门庭若市,热闹非凡。等到天黑清点资金时,令他吃惊的是一天的营业额整整超过上一个月的总和。

强子按捺不住内心的激动,开了一瓶白酒,"咂吧咂吧"抿了两口。他又一次望着窗外的明月,心里不住地问:这究竟是怎么回事?

作者简介

文旭熬更守夜爬了多年格子，爬得头发白了、眼睛花了、背也驼了、齿也松了，可仍然没有一篇文章被编辑选中，心里好生纳闷儿：说自己写作水平不高吧，可他觉得刊物上刊登的文章也不过如此，即使名家的水平也和自己不差上下，有的还明显存在瑕疵；说是刊物不推介新人吧，可每次也能看到许多陌生的面孔。究竟是哪个环节出了问题？带着诸多疑虑，他挑了一篇自认为非常出色的文章向本市一位著名作家请教。

著名作家看了半天，也没看出个所以然。可为了照顾他的情绪，就安慰说："文笔确实不错，是一篇比较出色的文章。可文章有时也有'文运'的，'文运'说白了也就和人的运气一样，并不是说你优秀了就会得到别人的赏识。你在投稿时要好好考虑自己的作品是否符合人家刊物的口味。"文旭似懂非懂地点了点头。著名作家接着点拨："还有，投稿是有规矩的，譬如标题和正文的字体、字号都有要求，文章的字数也要注明，并且最好在文章的末尾要写上作者简介。"

作者简介？这四个字让文旭顿时醍醐灌顶、茅塞顿开。说来说去还是这四个字最重要，这是个人推销自己的最佳手段啊！现在许多刊物只厚名家，不推新人。谁还在乎我这个名不见经传的凡夫俗子呢？可简介该怎么写，文旭犯难了。自己虽然写了这么多年，但是没有一篇文章在正规刊物上发表，更别提出版什么专著了，甚至连个县级作协会员都不是，有什么可以简介的？为了吸引编辑眼球，他思虑再三最后还是笼而统之地写道："文旭，男，中文本科学历，主要从事散文创作，在省、市、县各类刊物上发表作品约80万字，现为××市作协会员。"

不知是他的执着打动了编辑，还是他的写作水平确实有所提高，二十多天过后，他收到了编辑的回复："稿件已过初审，送往编审中，请耐心等待。"

文旭激动得心快要蹦出来了。他反复咀嚼着编辑的回复，认为这绝对是他的作者简介起了重要的作用，要不然咋就那么快过了初审呢？并且还能收到编辑的亲自回复，这在过去是绝无仅有啊！为了热锅下面，他又把自己认为最出色的一篇文章进行细致修改，并在个人简介中更加大胆地补充道自己不仅是市作协会员，而且是作协理事，曾在××刊物上发表作品超过十余万字。

"在××刊物上发表作品超过十余万字？这可不简单哪！不过我咋没听说过这个名字？这本刊物我也年年都有啊！再说他这种文字根本就不可能上这种大型期刊。莫非——"编辑看后疑惑了，为了弄个水落石出，他拨通了××刊物主编的电话，这个执行主编曾是他大学时期最好的朋友，询问是否刊发过文旭的文章。待一切明白之后，编辑突然怪笑两声，觉得这简直是一个沽名钓誉之徒，比在饭碗看见一只苍蝇还要恶心。人品如此，谈何行文？他快速地挪动鼠标，把这篇文章狠狠地删了。

啊？

  自诩为"魅力演说"的何董事长认为今天的演说非常成功，尤其那最后的振臂一呼，可以说是达到了最好的表达效果。他刚离开发言席，台下掌声雷动。他非常高兴地向所有听众深深鞠了一躬，并且非常谦虚地笑了笑，掌声顿时又此起彼伏，经久不息。他被这热烈的掌声感动了，又模仿其他领导向不同的方位鞠了几躬，最后才恋恋不舍地回到座位，他被这种热烈的场面陶醉了，觉得自己这几年没有白混，以前上台发言不过只有三言两语，而且面红耳赤的愣头青现在变成了口若悬河的演说家，看来确实是知识改变了格局、知识改变了命运，正在思考下次该从几个方面演讲的时候，他听到身后有几个人在小声嘀咕：

  "屁终于放完了！终于再不受噪声污染了。"

  另一个人也附和道："都讲的是什么玩意儿吗？认为大家都是白痴呢！也好，屁放完了，也该去吃饭了。"

  "啊？！"何董事长忍不住叫了一声。

最后的守候

当村子里的人口迁走过半时,老马的妻子也有点儿动摇了,她对老马说:"我们是否也该考虑挪挪了?"

老马问:"挪啥子?"

妻子说:"挪地方呀!俗话说,树挪死,人挪活;在这蝇子不下蛋的地方,何时是个头呀?你看这山,高得都快要把天捅破;你看这水,下面飘着油汪汪的东西,人吃这也不健康呀!"

老马说:"我爷吃这水,活了87岁;我爹吃这水,活了85岁。我们这个村子没有一个短命的,你倒操着哪门子心?再说我们现在也没有搬迁的实力呀。"

妻子说:"你哄鬼吧,别人不晓得,我还不知道。我们的那些存款完全可以在河边建一座新房。"

老马说:"你说这话倒不假,问题是房子建了,咱们吃啥,喝啥?连吃喝问题都解决不了,你还住在河边干啥?就图每天能看几辆汽车,吸上几口汽油味儿吗?再说,哪里的黄土不养人,哪里的黄土不埋坟?山虽高,但我们没住在山顶;水虽脏,可我们天天也能喝上清泉呀!"

妻子无奈,狠狠地骂了一句死人球日的,背过身,一整夜任凭老马怎样挑逗她都没有搭理。

几年过去了,山仍然是那座山,没有长高,没有变矮;水仍然是那样的水,没有变肥,也没有变瘦。可老马的两个儿子像树苗一样呼啦啦地都长成了小牛犊子。妻子又对老马说:"现在咱们这地方只剩下几家了,你也该为你的儿子着想,住在这里也不是长法儿呀!现在好不容易有扶持政策,我们不能再犹豫了。"

老马不以为然地说:"要搬等他们以后有本事再搬,我在这里住惯了。我这一辈子生在这儿、长在这儿,最后还要埋在这儿。故土难离,叶落归根呀!"

妻子知道老马的犟脾气,又长叹一声,转身离去。稍后,两个儿子从里屋出来,"扑通"一声双膝跪地,头磕得"砰砰"直响,异口同声地对老马说:"爹呀,我们实在不愿住在这里,你现在不搬,我们以后连媳妇都难找,你难道要让我们打一辈子光棍,断了马家香火吗?你今天要是不答应搬迁,我们就长跪不起!"

老马两耳光打在儿子的脸上,大骂道:"你狗日的尿攮子东西,有你们这两个逆子还不如我老马家断了香火。我们祖祖辈辈住在这里照样人丁兴旺。'穷居闹市无人问,富居深山有远亲。''家有梧桐树,不怕没凤凰。'只要你们有本事,何愁找不到媳妇?'

儿子无奈,一气之下跑到南方打工。妻子无奈,整天在家唉声叹气。

乡亲们依旧在陆陆续续地搬迁。整个村庄只剩下稀稀疏疏的几家。一到夜晚,别的地方灯火通明,这个村庄的几盏灯稀奇得就像天上的星星。

老马依旧是一个忠实的送行者。送了这家送那家，乐此不疲。每晚喝得醉醺醺地回到家里。向妻子叙说今天又低价买回了多少亩荒地。妻子唉声叹气地说："我这辈子咋就嫁给你这个疯子？脑子有病呀！好不容易国家鼓励农民进城，你倒还在这里恋啥呢！"

老马乘着酒兴说："你知道个啥？我到时全部栽成核桃、板栗，一年下来收入不浅呀！到了冬季，我置一杆猎枪，不愁山珍野味！"

妻子说这是憨人说梦话。

没过多久，国家有了退耕还林的政策，老马将转让的荒坡全部退成经济林。一年下来，他的妻子终于露出了罕见的笑容。

几年过去了，高速公路刚好从这里经过，占用的土地又让老马得到一笔可观的补偿。

最让老马意想不到的是，一天中午，来了一群头戴钢盔的人，有男有女，说说笑笑。在这儿凿凿，在那儿看看，最后走了几块石头说是拿去化验。几个月后，结果出来了：这里居然是一个含铁品位极高的矿带。

乡亲们傻眼了，恨自己当时过早地处理了那点贫瘠的土地。现在他们才知道：坚持，也是一笔财富。

老马依旧每天在林子里穿梭着。

只因少送一个礼

今年是村支书的本命年,他提前两个月就让他的马仔李文书到处放风:说四十八岁这个本命年是人生的一个重要转折,到时请全村的男女老少都来捧场。不管多忙,都要参加;不管多远,都要回来。一定要让这个生日过得体面、过得顺心。

狗蛋一听就恼了,这不又想借机敛财吗?狗日的也忒爱过事了。建房、搬家、生子、收棺样样都过,就连买个摩托车也要让村民们庆祝,老百姓都快被他抠死了。等到生日那天,他就让妻子把门一锁,去县城溜达一圈儿。

妻子忐忑地问:"不去行吗?以后若求人家办事咋办?"

狗蛋不以为然地说:"只要是正事,他敢不办?他敢在我面前摆谱就有他好吃的。"

可让妻子担心的事还真的应验了:没过几天,下了一场百年不遇的暴雨,他们居住的小组全被泥石流给冲毁了。他眼睁睁地看着其他农户都已领到赈灾物资和房屋重建资金,唯独没有他的,他就跑去和村支书理论。村支书笑着说:你那本身就是危房,即使不下暴雨也会被风吹垮。况且你又没在滑坡点上,不属于赈灾范围。

妻子抱怨说:"不就是少送一个礼,还什么危房不危房的!在不在滑坡点上还不是他的一句话？当初我让你把事情看远一点儿，你偏不听，这下好了吧？"

狗蛋也明知村支书在里边作怪，可他嘴上却不服输。咬牙切齿地说："宁可死个人，也不惯着鬼。我不要那点儿救灾物资照样也能把房子建起来！"

他说干就干。转身就到复印部买了两张建房申请表，请人填好以后找村支书签字盖章。村支书开始推辞公章没在队部，后来又说这表格的纸张不符合上级要求，把狗蛋折腾得空跪了五六个来回。最后愤愤地说："打印部的人说就是这种表格，咋到你这儿就不符合要求了呢？"

村支书两手一摊，说："那你让打印部的人签字盖章不就行了？你建房到底是国土局审批还是打印部审批？人家国土局制定的表格有防伪标志你懂不懂？"说完扬长而去，把狗蛋一个人撂在那里。

旁边办事的人忍不住笑了，说："你是真不懂还是装糊涂？空嘴说空话能把事情办成？你不准备一桌酒菜把他接去实地'勘察勘察'，他能给你签字盖章？你不购买他印的表格能符合标准？"

狗蛋听罢更加生气，他干脆把表揉成一团扔进纸篓，说："我宁可把饭喂狗，也不惯着他。不签拉倒，我自己先盖！"

房子出水那天，村支书居然也来登门庆贺。他大夸狗蛋有魄力、有胆量，办事不拖泥带水，短短的两个月就把房子盖好了，真是一个能干大事的材料！并号召村民要学习狗蛋这种自力更生、不等不靠的精神。最后还表态以后一旦有什么建设就要请他帮忙，把狗蛋说得心里热乎乎的。心想：支书就是支书，格局大、不计较。他赶紧招呼支书入席就座。村支书刚在椅子上坐下,国土局的人来了,说有人指控狗蛋未批先建,罚款两千。

狗蛋蒙了。心想自己平时在村子里也没得罪什么人,谁还这么爱管闲事?再说,国土局离这里这么远,没人举报是不可能这么快就晓得的!他就有点儿怀疑村支书了。村支书似乎揣摩到了狗蛋的心思,就大声骂道:"哪个狗日的恁爱管闲事?背后干这没屁眼的事情!"虽然他这么骂,但狗蛋知道他这是在故意遮掩。狗蛋和国土局的工作人员理论,说这么大的一个村子,违规建房又不是他一家,别人咋不罚呢?国土局的人就说民不告、官不究。狗蛋还想理论,村支书就把他叫到一边儿说:"你这兄弟不是让我下不了台吗?你这么一说,人家就会责怪我平时管理不严,反过来追究我的责任。你还是把钱交了吧,我在别的地方想办法让你赚回来。按着就趴在狗蛋的耳边小声说:我手上才弄有一个河堤加固工程,好好搞赚个十来万不成问题,可我一直物色不到一个合适人选来承包负责。一是工期要求紧,得必须赶在汛期之前完成;二是质量把关严,一般人我有点儿不放心。现在看你这人比较实在,不知你有没有兴趣?"

狗蛋高兴地问:"我能行吗?"

村支书说:"你干我别的不担心,就是担心资金问题。这要先垫资,你行吗?"

狗蛋说找银行借款。

村支书笑眯眯地说:"如果你能想来办法,那回头就把合同签了。不过你可要想好,搞工程可没建房那样简单,一旦误了工期合同可不认人呀!"

狗蛋说这个我知道,我一定按时、保质完成。

可事情远远没有狗蛋想得那么简单。开工没几天就把银行的借款用得一干二净,继续借款十分困难。无奈之下他去乞求村支书:能否通融上级先给拨点儿启动资金?村支书说:"工程八字还没一撇呢,谁给拨资金?现在哪项工程不是老板提前垫资?唉!当初我就害怕你资金链断了让你好好考虑,你满口说没问题。现在我又不是孙猴子,能想到啥办法?"最后假惺惺地长叹一声说,"那时诚心想让你赚点儿,没想到好心却办了坏事!"

狗蛋现在才体会到什么叫作骑虎难下:说撂挑子吧,那以前的垫资都打了水漂;可继续干下去吧,说不定亏得更加厉害。最后一咬牙,找到了民间借贷组织。精打细算、加班加点总算把工程给勉强交了差。

幸好结账还比较顺利,村支书没有半点儿拖沓。狗蛋把算盘珠一拨:除去银行借款,减掉工人工资,还了民间贷款,他不仅没挣到一分工钱,还亏了两万四千多元。看着算盘上的珠子,他惊得半天合不拢嘴巴。

村支书心里窃喜,默默地说:"狗日的我让你吝啬,看这和一个普通的礼金相比哪个合算?没把你整成倾家荡产算是把你便宜了!"

这天,狗蛋到银行还款,正好碰到水利局的财务科长,科长笑呵呵地问:"薛老板,你们村支书确实待你不薄,来存钱吧?"

狗蛋觉得这话相当刺耳,就日娘捣老子地骂了一通,说:"你们在故意设套,把我害得差点儿倾家荡产了!"

财务科长惊愕地问道:"难道我们拨的启动资金没有提前给你?"

狗蛋顿时瘫痪在地,坐在那儿一动不动。良久,他才想起自己手上还有许多村支书违规的证据,就朝纪委的方向走去——

政绩

经过多年的摸爬滚打，牛镇长最近也悟出一些从政的奥秘：除了政治上的嫡亲和工作中的帮派以外，最重要的还是要给当地百姓留下一些显赫的政绩。古人都说"为官一任，造福一方"嘛，何况现在？只有卓越的成绩才能吸引上级的注意，也才能给竞争对手致命的一击，要不然上边提拔你有什么说服力？你瞧：现任的市委书记当年在这里盖的办公大楼非常气派，再过三十年都不会过时；修建的健身广场到现在还是全县的招牌，有个什么活动县上首先想到在这里举行。现任的县委书记当年在这里搞的集镇开发，使这里的一片荒滩两年时间就高楼林立，成为开发商争抢的一块热土，其繁华程度不亚于县城。因把这里建成"全国优质烟草基地"和"黄姜基地"的马彪也深得组织信任和百姓的拥护，三年前被提拔成副县长。好不容易这里出了一个文化名人，也被现任镇党委书记利用上了，把他的家乡开发成旅游景点，每天游人如织，据说现在镇党委书记深得领导的器重将要高升；据小道消息传言，如果不出意外，牛镇长即将成为这个地方的一把手，他能给人们留下什么样的政绩呢？唉！集镇、高楼、产业、旅游，该抓的都抓了，现在还能抓啥？

冥思苦想、终得良策。老牛不愧是聪慧过人，他把目光瞅向了国际：自从中国加入 WTO 以来，世界的发展离不开中国，中国的市场已走向国际。而中国自古以来就是世界上的丝绸大国，丝绸在国际市场已供不应求。随着人民生活水平的提高，穿丝挂缕比比皆是。我何不借保护汉江水资源之名，抓住"一带一路"这个契机，让农民栽桑养蚕呢？那时，这里很有可能成为中国的第二苏杭！到那个时候，人们不得不对我刮目相看，不高升才怪呢！

说搞就搞，但必须要先造舆论攻势，他动用了一切人脉，找到了省内一所大学的著名教授，让他把这里考证成古丝绸之路的起源地。这位教授确实也费了心思，徒步在外面考察了两个星期，一篇《×××是古丝绸之路的起点》发表在很有影响力的期刊之上，虽然引起了许多人的质疑，但这个教授的影响力在那儿，加上又有许多论据，说出去的话无疑就是权威。牛镇长接着就准备筹办一次高规格丝绸论坛，要让这个丝绸小镇在全国叫响。

即将离任的"一把手"保持了应有的缄默，牛镇长就迫不及待拉开了新官上任三把火的序幕。在全镇党政干部和事业单位负责人的会议上，他高谈兴桑养蚕势在必行。并号召各行各业必须要统一思想，提高认识，搞好产业调整重头戏。"当然嘛！"牛镇长说，"困难是有的，特别是农民的思想一时还转变不过来，这就要求我们在座的每一位干部和学校的每一位教师，要深入基层，联系群众，把工作做好、做活，多快好省地完成任务。如果哪位干部工作不力而拖后腿，就扣发绩效工资；家属若不积极配合，干部就地下岗。农民负隅顽抗者，强行没收土地。

一句话，完成得好，奖得让眼发红；完成得差，要罚得让你肉疼。力争把我们这里打造成全国闻名的"丝绸之乡"。

兴桑养蚕倒不是坏事。可农民最心疼的要数那成块成块的黄姜了。他们知道，这几年日子之所以过得殷实，都是这些黄姜所带来的财源。可眼下黄姜正处在生长旺季，立即毁姜将要蒙受巨大的经济损失。起初，他们派代表到政府商量，能否缓期执行。可牛镇长求功心切，根本听不进半句逆言。加之态度恶劣，有几个代表便走家串户联名上访。

县长马彪气愤至极："你老牛让百姓毁姜，不是在否定我当年的政绩，这跟打我脸有什么区别？就算你不怕投鼠忌器，也该考虑考虑农民的切身利益吧，你扪心自问：这几年财政增收、农民增富的原因是什么？"可关系到自己当年亲手抓的产业而不好表态，他就让代表直接去县委反映。

县委书记对老牛的这股牛劲儿也极为震惊，怎么就不顾农民的利益而急功近利呢？幸亏尚未造成经济损失。于是立马在电话里把老牛训斥一顿，让他立马停止毁姜栽桑，然后召开专题会议把老牛安排在一个比较偏远的乡镇任职。

被贬的老牛现在才大梦初醒：任何政绩都必须建立在老百姓的根本利益之上，如果抛开这一点，那谈何政绩，是败绩呀！

会议再继续

气象部门发布红色预警,一场暴雨马上就要来临。

杜书记看了看灰暗的天空,乌云在头顶上翻滚,闪电从耳边掠过,就斩钉截铁地对办公室主任说:"马上通知全体干部和各村负责人到会议室开会,全面安排抗洪抢险工作。"

又是一道耀眼的闪电,接着又是震耳欲聋的雷声。窗户也随之战栗起来。

"这个时候召开会议合适吗?"办公室主任小心翼翼地问。

"按我通知办,没有不合适。将不帅不统,兵不斩不齐。"

"都啥时候了,还开什么破会?该干啥就干啥嘛。"一位老同志边走边发牢骚。杜书记坐在主席台正中,犀利的目光迅速在每个人脸上扫了一圈,就开门见山地说:"有些同志满腹牢骚,跟个怨妇一样。我只用一句话概括,就是政治觉悟低。今天时间紧张,我懒得和你计较,希望你好自为之。刚刚接到气象部门发布的红色预警,我们这一带将有大规模的降水,并且将要次生其他地质灾害,务必请同志们提高警惕,高度重视。一是要密切关注滑坡地带;二是要动员欲受灾群众的安全转移;三是要时刻关注工业园区,不能让其受到一丝一毫的损失。"说到工业园区，杜书记立马神采奕奕、两眼放光，觉得这是他在这里工作的得意之作，也是他工作能力与魄力的最好证明。就大谈工业园区的创建背景、筹资过程，以及后来将要带来什么样的经济效益。李镇长不悦地咳嗽两声，杜书记会意，又言归主题，说："为了确保这次工作万无一失，我再强调以下几点：一是"一个要求"，就是不能有一条性命死于非命，包括一头牲口在内；二是"两点注意"，一要密切注意滑坡地带，二要密切关注河水上涨情况。三是"三个不准"，一是不准擅离职守，二是不准遥控指挥，三是不准不服从安排。四是"四个一定"，一是不准手机关机，一定要保持二十四小时通信畅通，二是——"正说着，豆大的雨点砸在窗户上，也不知是真的为了节省时间，还是没有想好其他三个"一定"，就说为了节省时间，没到位的地方让李镇长再做详细补充。

　　李镇长看了看窗外，雨下得很猛；又望了望室内，个个都无精打采。就照例清了清嗓子，象征性地咳嗽两声，说："我再耽搁两分钟的时间。俗话说，磨刀不误砍柴工，我着重强调一下重点地段的监控以及工作纪律要求。"

　　这时，不知谁的 QQ 叫了起来。李镇长不悦地说："以后开会都必须把手机关掉，或者调成静音。这条纪律不知强调了多少次，有的同志就当成耳边风，把我的话当成放屁了。"

　　台下又是一阵哄笑。

　　李镇长又言归正传，从政治觉悟讲到工作纪律，又从工作纪律讲到职业道德。最后清清嗓子，洪亮地说："同志们，嘹亮的号角已经吹响，激烈的战场等待我们上阵。我们一定要实干巧干,克难奋进,向党和人民递交一份满意的答卷,全面夺取这次抗洪救灾的伟大胜利!"

台下响起了稀稀拉拉的掌声。

主管安全的副镇长想:这个时候也该他讲两句了。自从当上这个副镇长,一直没有讲话的机会,把他的好口才都给浪费了。这次好不容易有点儿显山露水的机会,没等书记宣布散会就非常和蔼地对大家说:"刚才两位领导已经讲得非常透彻,我就不再重复。为了确保这次工作有序进行,我再把所有人员进行一次细致的分工,希望每位同志各负其责——"

"分工不是都在那里张贴着?"不知谁又牢骚一句。

副镇长不悦地说道:"是在那里张贴着,可农村过个红白喜事不是把执事单子开好客头还要当众宣布吗?这是程序!再说,还有个别人员需要调整,比如负责宣传报道和资料收集的你就要单另列出,要不然他即使有三头六臂也没有办法。不管干什么事,资料一定要弄全,报道一定要及时——"

"不好了!"办公室主任慌慌张张地闯进会议室,打断副镇长的讲话,语无伦次地说:"水头来了,公路漫上哩!"

杜书记知道大势不好,颤抖地问道:"不是刚才……才下雨……雨吗?"

"谁知这鬼天气真会作弄人,后面的双垭村已经下了一个多钟头了。"办公室主任说。

杜书记早已吓得面如土色,心里不停地念叨"菩萨保佑,菩萨保佑。"他知道这么大的水头一旦冲进工业园区将意味着什么,那些贵重的器械将会付诸东流。就颤巍巍地说:"赶快随我去抢救工业园。"

全体干部气喘吁吁地朝河堤跑,杜书记虽年近半百,可这速度不亚于刘翔。刚到河堤,就看到上游漂浮着一具尸体。杜书记猛然觉得腿根发热,往下一看,他的尿液正在从裤缝缓缓流动。打捞后一辨认,竟是双潭村的村主任。杜书记知道这是为来参加会议而被洪水冲走的,该如何向他的家属交代呀?他在心里痛苦地说"完了,完了"。稍后,他定了定神,夹住裤腿,对其他同志说:"各位再辛苦辛苦,一是要把这尸体好好看管;二是要全力以赴抢救工业园区,不能再有任何闪失。党委委员和我一同回会议室,研究善后事宜吧。"

老赵脱贫记

老赵最近很不爽：他咋都想不明白自己辛辛苦苦干了大半辈子，现在房有车有。儿子也很争气，在省城开了个不大不小的公司。虽说日子过得算不上流油，但最起码在当地也算是中等偏上，为啥把他弄成建档立卡贫困户了？他找村支书问了几次，村支书每次都嫌他废话太多。

这天早晨，他刚把牛吆喝到地里，绳索还没来得及套上，扶贫办的小李就在门口喊他了。他笑呵呵地对小李说："我知道在啥季节该干啥儿活，你甭操心！你还是去帮扶那些需要帮扶的人吧。"小李笑着说："赵叔，这一个萝卜一个坑，别的我想管也管不上。今天想要麻烦你跑点儿冤枉路——贫困系统需要上传照片，请你回来配合一下。"老赵极不情愿地把犁往地边一放，给牛割了一捆青草，嘟囔说："迟不来，早不来，偏偏我刚要犁地他来了，看来这一早上的工夫又要被弄没了。倒不知给我弄个贫困户干啥呢？"

妻子剜了他一眼，说："瓜尻一个！人家为了照顾你才给弄个贫困户，别人想弄还争不到呢！你犁一早上地能值几个钱？如果再给你弄个几万块钱的贫困补贴不顶你犁一辈子的地？"

老赵狠狠地剜了她一眼，生气地走了。刚走到岔路口，小李气喘吁吁地跑过来了。老赵疑惑地问:"你不是说要照相,跑过来干啥?"

小李吞吞吐吐地说:"赵叔,还是到旧房去照吧,新房太扎眼,相片传上去上级也不会相信呀。"

老赵想想也是,哪有贫困户会住高楼大厦呢?就二话没说同小李去了旧房。末了,小李又吞吞吐吐地对老赵说:"赵叔,如果上级抽查到您这儿,就请您给我美言两句。"

老赵说:"你放心,我一辈子没说过别人的坏话,更不会拿你的前途开玩笑。"

小李一口气说了几声谢谢,高兴地走了。

阳春三月,艳阳高照。禾苗渐渐长高,老赵紧张地在田里锄草。小李又在路边喊他照相。他不悦地问:"才照几天,咋又要照?"

小李苦笑两声,无奈地说:"情况有变啊赵叔,现在不仅要我和你的合影,而且还要我给你帮扶的照片。"

老赵高兴地说:"那你就来帮我锄草,我让孙子来给你照相。"刚拍两张,小李一看效果还可以,就把手机装进裤兜,放下锄头扭头就走。老赵诧异地问:"就走啊?"

小李说:"我还得去另外一户去照帮扶照片,一月两次,把人腿都跑细了。"

"什么?一月两次?"老赵差点儿跳了起来。一想以后每月还要来耽搁他的工夫,就直截了当地说,"那你赶紧想好还要照些什么内容,我帮你一次性完成,省得你每月跑路。"

小李似乎从来没有见过如此体谅人的农民,高兴地从小车后备厢里取出不同季节要穿的服装,选了十来个不同的地点把像给照了。最后一张是他和老赵在新房门口的合影,两人脸上都洋溢着灿烂的笑容。

麦子熟了,金黄的麦浪一波压过一波。看着那一望无际的麦田,老赵高兴地连水都顾不上喝一口,任凭汗湿的衣服贴在背上也不愿到树荫下歇息一会儿。小李又在路口喊叫了。老赵不耐烦地问:"又有什么事?"

小李慌慌张张地说:"不好了,上级抽查的来了。"

老赵说:"管他咋样查,我也不会说你坏话,你放心好了!"

小李说:"不是这回事,问题是那么多的表册你都没有签字盖章啊!"

老赵接过来一看,差点晕了。厚厚的八大册子,每一本册子里都有数不清的表格,每一个表格后面都有农户的签字盖章。甭说签字,就是让他每张翻一下也得大半天。

小李一边看他签字一边抱怨说:为了这些表册,他已经四个星期没休周末,三夜没眨眼皮,浑身上下都有一股馊味儿了。

老赵签了将近半个小时,一看天色变暗,就把厚厚的一堆表册往小李面前一推,又把印章往他面前一摆,说:"你想咋填就咋填,我收拾庄稼去了。印章就放在你那儿,用着方便。"

小李生气地把老赵看了半天。

一转眼,年来了。这天,天空撒着淡淡的雪花,气温降至零度。老赵一家煨在火炉边烤火,吊锅里煮着新杀的羊肉,满院子弥散着浓厚的膻味儿。馒头刚烙好,小李进来了。酒过数巡,他从提包里掏出一张表格递给老赵，让他赶紧摁个手印。老赵接过来一看，是张《脱贫自愿表》，表格的上方醒目地印有"贫困可耻，脱贫光荣"八个大字。老赵顿时觉得双颊热辣辣的，好像被人扇了一耳光。他笑着问小李："我脱贫了？"

"嗯。"小李郑重地点了点头。

"那我什么优惠政策都没享受到还能脱贫？"老赵接着问。

"你本身就不贫呀！"小李笑着说。

老赵迷惑不解地问："我本身不贫为啥把我列为贫困户，而像王武他们那几个真正贫穷的人咋又没进入贫困系统？"

也不知是酒精起了麻醉作用还是小李说漏了嘴，没等老赵说完他就抢着说："正因为你不贫才好脱贫，而像王武他们真正进入贫困系统的人在这几年时间能脱得了贫吗？"

也活该小李倒霉：老赵的孙女爱玩儿微信，每次吃饭都要录一段视频上传到朋友圈。书记一看小李在老赵家里大吃大喝心里好生恼火，一个党员干部为什么还要在一个贫困户家蹭吃蹭喝，看来得要好好教育教育了！当他最后看到小李的那一番高论时，忍不住破口大骂："他妈的，你这不是存心在歪曲党的扶贫政策？这样的干部留着何用？"连夜召开党委会，让小李收拾铺盖卷回家去了。

找谁呢？

蛮子死了，我心里多少有点儿失落。

认识蛮子那年，我才二十四五岁，正是渴望建功立业、好出风头的时候。那时才从公安学院毕业不久，被分配在县局刑侦大队当一名警察。那是一个烈日高悬的正午，我们在办公室里休息，突然有人来电说是城郊正在发生一桩劫持人质的命案，我们就火速赶到现场。只见楼房外的空地上密密匝匝地站了好多人，都在喊叫"蛮子，不要冲动！"在楼房的顶上，只见蛮子把一个女孩摁在阳台上，脖子上架把菜刀，要他叔父归还侵占他的宅基地。尽管他叔父的头点得像鸡在啄米，口口声声哀求说："不管你提什么条件我都会答应。"可他还是迟迟不肯放手，并有几次情绪激动地要把那个女孩扔到楼底。双方僵持了几个小时，仍然没有丝毫进展，我就在附近找了辆吊车，抄小路开到房后，把我托上房顶，悄悄地从后面将他擒住。就在我把蛮子双手捉住的刹那，他丝毫没有反抗，扔下菜刀，说句"我犯法了"，就和我一起下楼，钻进警车。

我因破案有功，被提升为副队长，大会小会受尽了表扬，出尽了风头。

蛮子在看守所羁押的那几天，我们就不停地收集各方面的材料，准备把他移交给人民法院。一切准备就绪时，看守所的狱警前来汇报，说他在号子里吃自己拉下的粪便，会不会精神出现了问题？我说如今这样的人太多了，为了减轻自己的罪行，故意弄些障人耳目的东西，有啥大惊小怪？队长说还是需要慎重考虑，还是给他做次精神鉴定。令我们大失所望的是：原来他真的患有间歇性精神病！因为这，蛮子又被释放了。

过后没几年，他在我脑海渐渐消失。确切地说，我把他给遗忘了。

一天早晨，我闲着没事在办公室打盹儿，队长过来劈头盖脸地把我骂醒，让我赶紧带几名刑警到高速集团项目部破案。说他们老总的宝马昨夜被谁给烧了！此事非同小可，把我惊出一身冷汗。这些人不好惹、更惹不起，弄不好他们会把图纸轻轻一改，让你这里永远与高速无缘。前面天兰县就是个活生生的例子：那次还是这帮人在那儿搞设计绘图，因夜间赌博，被警察给捂了。老总一气之下就把图纸的出口轻轻一改，让天兰县永远处于一个出行难的封闭状态。每当人们提及此事，天兰县的警察就被百姓恨得咬牙切齿。现在来咱天舟，县长就吸取了经验教训，多次在会上强调：让我们把这些人当爷爷、当祖宗，只要他们在这里不杀人放火，一切都要睁只眼、闭只眼就行了，别惹人家不高兴！就在我们处处都在当孙子的节骨眼上，不知哪个砍头死的龟孙在给我们添乱？破案？咋破？指纹没留下指纹，监控又没有监控，咋破得了？即使神仙来估计也没有破案的办法呀！如果不破案，我们该如何向人家交差？弄不好我这个小小的职务又要成为祭品了！就在我一筹莫展之际，蛮子又疯疯癫癫地凑来看热闹,一个劲儿地说活该,早就该给烧了!我实在听不过耳,就随口问了句:"蛮子,这车是不是你烧的?"

话一出口,其他几个干警就忍不住笑了,我也觉得自己的大脑出了问题。

可蛮子的回答让我震惊了。他非常爽快地答道:"就是!"

"为什么?"

"我就看不惯这群王八羔子,恨不得把他们杀了吃肉!老子到现在还没结过婚,他们却妻妾成群;老子现在头顶无片瓦,他们开的车比房子还贵!你说我比他们少啥?为啥他们富有我却贫穷,你们当警察的也嫌贫爱富,处处把他们当爷,我不烧车等几时?"

案子破了!老总高兴地给我送面锦旗,上面写着"当代神探"。局长也高兴地把我提成队长。县委书记也一再给高速集团老总解释说既然是一个精神病人所为,我们也拿他没有办法,就让他的家属以后好好看管就是,这辆车就让我们县委给赔吧。

书记一句话使我茅塞顿开,后来不管遇到什么难破的案子,我就把矛头指向蛮子。蛮子每次也配合得相当默契,把作案的动机说得头头是道,进看守所待上几天,只要病一犯,就让家人领走。有次我实在忍不住自己的好奇,见四周无人,小声问道:"蛮子,这些案子真的都是你作的吗?"蛮子诡秘地一笑,反问道:"你说呢?"

我一时语噎,出自内心地说句:"既然不是你,那你为什么要包揽呢?"

蛮子长叹一声,说:"日子难混,土地让工厂给征了,宅基地让我堂叔给占了,我还有啥呢?与其每天在外面挨冻受饿,还不如蹲在看守所舒服。我是精神病患者,你们能把我咋地?说句实话,我真的希望你们把我关一辈子,那我就衣食无忧了!"

现在,蛮子死了,再有难破的案子,我找谁呢?

信任

天，终于亮了。

谢娜从来没有觉得黑夜有这么漫长。经过一宿的思想斗争，她决定还是不把真相告诉苏键。尽管她心里明白：夫妻之间一定要坦诚相待，这样才能相互信任。可这几万元的现金要是万一找不到，苏键还不照样心疼死?！她领教过苏键爱钱如命的本领：有时为了几分几文都会毫不顾及男人的尊严同别人讨价还价，何况这么大一笔资金？再说，这是她攒的私房钱，说出去也不是件光彩事，苏键并不知晓，若他知道后会有什么想法？这毕竟是夫妻之间的大忌呀！还会对我信任吗？还会让我来管理家里的资金吗？还会不会像以前一样对我疼爱有加？唉！丢了就丢了，破财免灾。可一个人把痛苦憋在心里，确实又是一种巨大的煎熬！她胡乱地洗了一把脸，往镜子跟前一站，里面的影子着实让她大吃一惊：以前滑若蛋清的脸蛋一夜之间竟爬出密密麻麻的皱纹，而且头上又增添了几缕霜发。看来，不是岁月催人老，而是心境催人老！

"你确定就丢失那几样东西吗？"苏键问。

谢娜不耐烦地说："那你还想丢什么？丢人还是丢物？你咋恁不相信人呢？"

苏键说:"那我再出去找找,或许能有奇迹发生。别的我不心疼,那个挎包丢的太可惜了。"

谢娜哼了一声,说:"别再做白日梦了,不就是一个结婚纪念包?丢了就丢了。待会儿我到银行把存折挂失算了,现在这社会,能有几个雷锋?一看里面没有现金,说不定早就扔到河里了。"

一说到现金,谢娜的心又"咯噔"一下,甚至不敢看苏键的眼睛。

苏键漫无目的地在大街上行走,内心有一种说不出的空荡。他一直认为:这只皮包就是他们爱情的信物:一旦信物没了,爱情是否还会长久?每来一辆出租车,他都似挡非挡,把司机搞得哭笑不得。最后一位好心的司机告诉他:你给出租车公司打个电话,让公司帮你发条短信,这样的概率要大一些。

他按司机提供的号码给公司打了电话,对方一一询问之后就对他说:"你先忙,一旦有什么线索,我们在会第一时间告知。"

太阳慢慢地由正中偏到西山,街上的霓虹灯也陆续亮了起来。等了一天还是没有任何音信。苏键现在是不抱任何希望了,拖着疲倦的身子游荡到饭店门口,要了一份快餐,狼吞虎咽地吞了下去,打了一个饱嗝,又一次踱到街上,像一个无家可归的野狗在漫无目的地流浪。

夜晚的景色比白天更加迷人,多彩的霓虹在不停地变换着颜色,使这个城市更增添了几分诡秘的色彩,苏键拖着沉重的双腿准备回家时,刚走几步电话响了。他一看来电显示,那颗快要停止的心脏几乎要跳出胸膛。那人出口就问:"先生,请您把您皮包的颜色以及里面的东西再说一遍。"

苏键激动地说:"红色,三道拉链,鳄鱼牌的;里面放有一个户口簿、一个身份证、两个存折和一张银行卡。"

"有没有现金?"

苏键说没有。

"那您过来一下。"那人说。

苏键以百米冲刺的速度跑到出租公司。里面一个光头司机笑着对他说:"先生,您说的东西全部都在,但唯一不同的是多了三万元现金,您仔细收好。"

苏键傻眼了。他没想到妻子居然背着他私自藏了这么多的现金,简直是不可思议呀!他双手接过现金,思忖着回家怎样好好教训她一顿,问她究竟是何居心?这样下去,成何体统!夫妻之间就没有基本的信任嘛。但转念一想,既然你有意瞒我,也就别怪我故意骗你。他索性将计就计,跑到银行,把这笔钱存入母亲的账户。然后兴高采烈地跑回家,边跑边喊:"我把包找回来了。"

谢娜高兴地接过皮包,打开一看,热乎乎的心顿时冰冷到了极点。本能地问了一句:"就这些?没其他东西?"

苏键装着非常吃惊地问:"还有别的吗?你咋不早说?"

妻子一愣,忙改口说:"我随便问问,是的,就这些!"

老李的迷惑

老李今年七十有三，发未脱、齿未落，体态微胖；不吸烟、不喝酒，也不和同龄人在牌桌上小赌。按时起床，按时休息，唯一的爱好就是饭后拿着收音机在江边散步，看着翻腾怒吼的江水，大脑的思绪又飞回年轻时江边弄潮的情景。

这天傍晚，残阳已谢；晚霞如火，江水如血。岸边的柳条纹丝不动，江边的浅水窝里依旧密压压的泡着许多大人和小孩。老李依旧在江边散步，沉醉于他百听不厌的"汉调二黄"。他正听到"杨秀选亲"那个片段，就看到江对面的一个男子爬到旋水窝的鹰石嘴上，慢腾腾地脱光外衣，犹豫了片刻，还是留了一个裤头，双脚用力一蹬，凌空而起，稍后将头朝下，在空中做一旋转状，一头扎进水中，其优美的姿势不亚于奥运会的跳水冠军。老李深谙水性，但他决不赞成这种玩命的跳法，他曾多次对这些人说："下水一定要小心，一是要先掌握江水的温度，最好先用水浸泡一下身子，免得下去之后双腿抽筋儿；还有一点就是要深谙江水的缓急，你甭看有的地方表面平静，可底下随时暗藏着急流和漩涡。"有修养的点头称是，说句谢谢您老的关心；而大多数人对他的话却不屑一顾，说："你太 out 了！现在的运动员哪个不是这种动作？

再说，没有两把刷子敢在关公面前耍大刀吗？"一句话把老李给噎住了。他心里愤愤不平地说："运动员跳的是什么水？是一潭死水，敢跟这大江大河比吗？甭吹你有两把刷子，可淹死的都是会水的人。"虽然他不懂 out 是什么意思，但他相信这绝对不是一句好话。

数十秒钟过去了，那人还没浮出水面；老李忍不住赞叹，这人的水性真好呀！又过两三秒钟，前方竖起的鱼竿突然倒下，老李赶忙去拽，很沉，他不由得心里一惊。他断定：这不是一条什么大鱼，而是刚才那个跳水的人被挂在鱼钩上。他赶紧把线拴在大树上，大惊失色地喊："救人呀！快救人呀！有人落水啦——"

上游洗澡的人们似乎根本没有听到他的求救，依旧在那里自得其乐。老李气喘吁吁地跑到一名中年男子面前，上气不接下气地说："请你——快——快去——救——救吧——"

中年男子说："救？万一救不出来把我搭进去咋办？"

"我教你个方法，你下水后千万不能让他抱住你的腿，而是要用头顶住他，让他伏在你的背上，这样就没事了。"老李一边比画一边说。

"你说得这么轻松，你咋不去救？"中年男子说。

"好我的侄子哩，你没看我多大岁数了？我现在都是泥菩萨过河，自身难保呀！"老李急着说。

"你给我多少钱？"中年男子问。

"钱？"老李一愣，心想自己年轻时救过多少人，向谁要过钱啦？但他知道现在是经济社会，一切朝钱看，没有钱是请不动人的，就说："我没带，只要你去救，我立马回家去取。"

"他是你什么人？"

"我不认识他。"老李实话实说。

"哈哈哈——那你也太多管闲事了！"中年男子笑着说，一个猛子又扎进水中。

"咋能是多管闲事？人命关天呀！"老李喃喃自语。

"有困难，找警察。"不知谁喊了一句。

老李恍然大悟，对呀，找警察。他赶紧拨打110。

一分钟、两分钟，不见警察踪影；三分钟、四分钟，警察也缓缓未来。老李心急如焚。好不容易盼来一辆警车，走出三名民警，最前面的是王队长，老李曾多次在电视上看到他的尊容。王队长满脸堆笑地说："不好意思，下班了，许多警察联系不上。"

"下班联系不上？"老李禁不住有些迷惑了，"那大街小巷上悬挂的'有困难、找警察'的招牌不是一句空话？"

王队长笑着用他的蛮蛮话说："你老人家不知道呀，我们警察也是人呀，也要吃饭也要休息的呀。"接着他就翻开卷宗准备笔录。老李焦急地说："甭记这些喽，救人要紧。"

王队长尴尬地笑了一下，忙收起卷宗点头称是，说："小刘，你下去看看吧！"

"啊？"小刘惊讶地叫了起来，说："王队，你要让我死就赏颗'花生米'算了，哪怕我给家人说子弹费我们付，我根本就不通水性呀！"

王队长脸色略微有些难堪，沉思片刻，问："那人落水多长时间了？"

189

"总共也有二十多分钟了吧。"

"二十多分钟？水性再好的人也没有命了！"王队长说，"这样吧，我们也不必做这些无用功了，免得国家到时再多追认一名烈士，赶紧通知消防队来打捞尸体，顺便让电视台把记者带上。"

老李倒吸一口凉气，软软地坐在沙滩上。他仿佛看见一具幽灵浮出水面，腾入空中在痛苦地呻吟。"一个鲜活的生命就这样结束了！"老李叹息说。抬头仰望星空，此时的月亮也弯得像一张咧开的大嘴在对他无情地嘲笑。他自言自语地说："要是在前十几年，一人落水，其他人都会奋不顾身地救助，现在咋就成了这样呢？"

孝顺

无意中发现老太太还有一笔数额较大的存款，妯娌三个就打起了小算盘，盘算着如何在老太太面前表现得更加孝顺。

大儿媳爱打麻将，常常一玩就到深夜。每次不管输赢，她都会在老太太面前炫耀一番："妈，我今儿手气特好，这点儿小钱，算是让您吃'喜'了！"边说边把两三张"红皮"塞进老太太的衣兜。老太太急忙推辞，说："赌博有输有赢，没有常胜将军。最好能戒就戒，那东西不是过日子的正道。钱还是你拿着，我不缺钱。"大儿媳佯怒道："瞧您说的，您一个老人家能有啥钱？让您过寒酸了我们这张脸朝哪儿搁？再说，我玩的不是赌博，是寂寞！在自己后人跟前还客气啥？快拿上，免得让外人看见。"顺便又神秘兮兮地"嘘"了一声，说："再叮嘱您一句，千万别让那两个知道。"老太太也就不再推辞，笑着说："那我就先替你保管，以后输了的话找我。"

二儿媳发现大嫂经常用金钱"贿赂"老太太，自己也就动起了脑筋：这可千万不能落她的辙，要不然到时就没我的份儿了！幸亏我茶饭好，还是发挥发挥这方面的特长吧！于是每天专门做些好吃的给老太太送去。时间长了，老太太就说："你别老操心我，这不是个常法，你们也有你们的日子。"二儿媳嘿嘿一笑,说:"瞧您说的,您一个老人家能吃多少?这年头又不缺吃的!只不过是每顿多添一瓢水、多下一碗米的事!如果您不嫌弃,您就住到我家。"老太太长叹一声说:"我现在老了,不中用了,也帮不了你们什么,还是一个人住着清净。"老二媳妇惊叫道:"妈,您把我们当啥人了?!我们是您的后人,应该做的!"

老三媳妇一见那妯娌俩整天在老太太跟前转悠,心里确实不是滋味!她埋怨自己不会打牌、不会做饭,更埋怨自己不会花言巧语!算了,大不了我不要那点儿东西,还能穷死?穷也要穷个硬气!于是她就干脆对老太太来个不闻不问。每次遇到那妯娌俩从她面前经过,她都会把眼睛瞪起,"呸呸"朝地上吐两口唾沫。

一日,老太太突然晕倒,住院几周仍没有起色。她自己觉大事不好,就把妯娌三个叫到床前。老大老二媳妇心里乐滋滋的,觉得这几年的付出没有白费,再不管咋的也该有我一份吧?但仍然装着非常忧愁地坐在老太太的床边。老太太说:"我快要走了。"话没说完,那妯娌俩不约而同地说:"妈你别说那丧气话,我们就是砸锅卖铁,也要医好您的病,但您要配合治疗,每天要保持好心情。"老太太摇头说:"我不治了,生老病死,自然规律。我今天喊你们来,就是说一件事,我有一笔存款——"话没说完,老大媳妇假装非常吃惊地说:"妈,你是不是在说胡话呢?这额头不烧啊!"老太太摇摇头,继续说:"我一直在思考把这笔钱给谁?想了这么长时间,把我想得好苦啊!按理说吧,老大老二媳妇待我最好,也最孝顺,我应该给她们,可转念一想,老大不缺钱,老二家的生活也不错,我都能放下心。我心里呀,最放不下的是老三！她不会来事儿，不会算计，整天闷人一个，这咋能过好日子？可她也是我的后人啊，我不能不管啊！要不然我到那边儿也不安心，所以，我还是决定把这笔钱给她，你们二位不会责怪我吧？"

那妯娌俩早就没听清老太太在说什么，只是象征性地点了点头。只有老三媳妇一把抱住老太太，哭得像个泪人儿似的。

生命的"代驾"

古都的秋天很难让人感到秋意。

我和辉子在繁华的大街上行走,行人都在不停地招呼"辉哥,辉哥",有的甚至还献出谄媚的微笑。辉子戴着墨镜,头发抹得倍儿亮,高兴了就微微点一点头,不高兴时就带答不理地"哼"上一声。完全是一个十足的黑老大派头。我知道,这家伙一定混得不错,就说:"行啊,辉子,混得不错,在这个十二朝天子居住的地方,年龄这般苍老的人都能称你为哥,到时也让我沾沾光吧!"

他淡淡一笑,说:"哪里呀,这只不过是一个称呼而已。"

真正让我大开眼界的是在酒店用餐了,那场面完全可以用李白的"金樽清酒斗十千,玉盘珍馐直万钱"来形容。在这种奢侈的场合下,我只感觉到自己生命的卑微与渺小,就说:"辉子,少点点儿,多了浪费。"他笑了笑,说:"小意思,毛毛雨。轻易不来的贵客呀,略表心意。"说完豪爽地端起酒杯,一饮而尽。又在那服务员的屁股上捏了一把,说:"去好好伺候一下我哥吧。"我赶紧起身,说:"我不用这个。辉子,还是让她走吧,在这儿怪别扭的。"

服务员望了望辉子,不知所措。辉子说声你走,她就悻悻而去。我说:"辉子,有一点你要把握住,就是富而不淫。"

他嘿嘿一笑,露出两排熏得发光的黄牙,说:"淫什么呀?只不过是逢场作戏而已。肉体虽然相逢,但灵魂从未出窍。草活一春,人活一世,何必那么认真?水至清则无鱼。不过话又说回来,我和你不一样,你是文人,泥的是名誉;我是粗人,落的是实惠。就好比你是天上的恒星,想的是生命的永恒;我是流星,图的是瞬间的辉煌。在这里混,难呀!我难,那些小姐也难!"说完,起身把墙角的空调摆弄了一下。我感觉他说这话就好像是救世主一样。轮到买单时,他非常大方地付给服务员一些小费,把那服务员乐呵地"辉哥,辉哥"叫个不停。

古都的夜景比白天更加迷人,灯火通明、金碧辉煌,一切都被蒙上一层神秘的面纱。有说的,有笑的,有搂着情人乱跳的;有哭的,有唱的,有抓着话筒不放的。辉子开着"丰田"在街上溜达,欣赏着迷人的夜景。有时还猛然大叫两声,街上的行人惊恐地望着我们,可能是怀疑我们是否精神失常。旺子说:"这家伙今晚又在那里白吃一顿。"辉子笑了,说,"不吃白不吃。"我有点儿莫名其妙,问:"不是付过钱了?"旺子说:"是呀,钱是付过了,可再过几天又会回到辉哥的兜里。"我更加愕然了。辉子说:"这社会,挣钱不出力,出力不挣钱。要想在这古城混,不动脑筋是不行的。你没看到我刚才把他的空调制热系统给拔了?不出几天他就要来找我维修的!"我问:"那你不怕老板发现?你敢确定他会找你维修?"辉子就笑我孤陋寡闻了,连这点儿最基本的常识也不懂,现在是秋季,不用制热。我说:"你这家伙到底是只猴呀,猴精猴精的。在念书时,你能买一瓶墨水放在教室搞有偿租赁，一毛钱一笔管，现在又能搞空手套白狼？"辉子得意地一笑，说："没办法，环境逼的。"由于得意过度，一不留神把车撞在前面的电线杆上。

我很惋惜，辉子也很难过。他说乐极生悲呀。他把车靠在路边，不知所措。这时，走过来一位老司机，说："有啥难过的？不就是撞个窝嘛，找保险公司，全保！"

辉子恍然大悟，赶紧拨通保险公司的电话，值班人员详细询问过后，说："这是个小事故，用不着现场勘查。你把事故照片拍好，连同你的修车发票一块儿送来，两千元以下，全部理赔。"

辉子把理赔款拿到手以后，又把我们领出去狠狠吃了一顿。他边吃边说："我现在又找到一个新的挣钱门路，净赚不赔。"我高兴地问："什么好项目？"他说："都是撞车撞出了灵感，现在就买辆旧车专门撞车，故意制造事故，找公司理赔嘛！"我说："那样不可以，君子爱财，取之有道嘛！"他说："什么道与不道的？那些贪官污吏讲道了没有？还不是照贪不误？"我一时语噎。

辉子越玩越精，不光自己撞，还经常帮别人撞。每假撞一次他都要拿一半的提成，并且还把那些值钱的零件提前卸下卖给维修公司。我对他说："辉子，凡事有度，该收手了。多行不义必自毙。"他嘿嘿一笑，说我纯粹是空穴来风，是一个忠实的统治阶级豢养的走狗。这世上哪有什么因果报应，难道钱多还咬手不成？

我捏了一把汗，但我知道我的话对他来说就是耳边风。在一个晴朗的中午，他又准备为别人代驾一起交通事故。一切谈妥之后，他从容地钻进驾驶室,刚刚启动马达,发动机就"呜呜"地响着,整个车身也随之战栗起来。他踩紧油门,车像一头疯牛,一头撞在墙上,由于用力过猛,紧接着又来一个反弹,车尾跌进路边的悬崖。

夜晚,缓缓地向我走来;天空,隐隐点缀着几颗恒星。我想今晚,漆黑的夜空是否又会出现一颗流星?

后　记

　　记得多年前的一个夏天，我不慎右腿膝关节受伤，尽管骨头没有受损，但主治医生还是严格的按照程序进行治疗，拍片、清洗、抽血化验，该做的检查一项都没落下，最后缝了几针让住院治疗。好不容易等到第七天，伤口基本愈合，主治医生又说里面的沙子没有清洗干净，又把伤口切开，那个疼啊，真是无法形容！我把内心的苦闷写在纸上，终于写成了一篇《人道．医道》，虽然没有发表，但内心确实感到一种无法言表的愉悦，就像对一个知心朋友诉说了衷肠一样，浑身上下一阵轻松。猛然发现写作原来有这种功效！后来，又相继写了一些小小说，发表在《安康日报》《文学陕军》《天津工人报》和《华侨报》上，于是就有了一点儿兴趣，想写的时候就写了点儿，中途停停歇歇，写了十几年，勉强拼凑了这一本集子。可以说，这本书是我近二十年的文字总结。

　　对于这本集子，从心里上说我是不打算出版的。一是觉得价值不大，出版出来无非是糟蹋点儿钱，里面有些文章现在看来明显时过境迁，年轻的读者可能不知所写的东西为何物；二是小说的情节主要来源于生活，里面所讲的故事在生活中比较普遍，只是稍微对其进行加工，害怕有的人对号入座，说我有"编造人"之嫌，出来之后给自己惹些不必要的麻烦。可转念一想，文学这东西就是这样，没有生活那来的艺术？如果都这样想，这世上还有文学吗？加上好歹也是自己当年费尽心思写出来的，不整理出来有点儿可惜，所以开始只打算出一本丛书，算是对自己以前的写作做一个小结，同时也将低一点成本。

从书稿交给某文化公司的那一刻，我就盼星星、胖月亮，盼早日能够结集成册，就跟怀孕的女人一样，盼望孩子早一天落地。可开始先受疫情影响，一拖就是一年；后来据说同一系列的书稿出现了问题，我们其他几个作者只好跟着一起受拖，又把一年的时间给拖没了；待到书稿都准备好的时候，出版社的书号又非常紧张，只说让我们耐心等待，等待来等待去，等到最后说是出版社不做丛书了！只好从这家转到另一家，转来转去前后好了三年多，我想古时候说女人怀孕超过三年是要生一个太子，可我这三年多时间会是一个什么结果呢？我倒不希望这一本书能给我带来什么意想不到的收获，只希望它不会给我带来什么麻烦，让我享受岁月静好。

在这一本书即将出版之际，我要由衷的感谢在我文学创作路上一路帮扶的良师益友，首先要感谢的是省作协副主席、安康作协主席张虹女士，是她给我的创作注入了强大的动力，多次鼓励、多次帮助，使我受益匪浅、心存感激；感谢省作协文学院常务副院长李锁成先生、冉小雄主任，他们多次给我提供学习培训的机会，让我加油充电，增长知识，开拓视野；感谢安康作协副主席、《汉江文艺》执行主编、"冰心散文奖"获得者杨常军先生，多年来一直对我帮扶有加，加油鼓励，改稿发稿，鞭策鼓励。还要感谢《安康日报》梁真鹏先生，我的第一篇小小说就是在他当年编辑《旬阳报》时刊发，由于首篇文章变成铅字，给我的写作注入了极大的勇气，后来经常把我的作品推荐到其它报刊发表，感激之情无以言表。感谢旬阳文联副主席郭华丽女士，多年来一直对我帮扶有加，我的每一篇作品都是在《旬阳文艺》首发，得到其他文友的肯定之后我再想其他刊物投稿。还要特别感谢张正发校长、徐强校长和史存万校长，是他们给我创作提供了便利，让我的创作从"地下"转为"地上"，并且多年一直能够坚持下来。感谢旬阳市文联魏连新主席、黄振琼秘书长和其他同志，是他们为我们这一群草根作者提供优质的服务，让我们对文联产生了依赖，每次到文联都有一种回家的感觉。感谢旬阳市太极城文化研究会会长刘家荣先生，多年来对我的鼓励和信任，对我的创作提供了的优质服务。最后还要感谢柯长安、郭明瑞、冯雪、丰德勇、赵攀强、石晓红、鲁延河、潘全耀、何在林、王贤雅、马志高、程根子、杨树兴、张先军、龚建华等一批文朋诗友，我们因文字结缘，是你们经常对我的作品提出宝贵的意见，在此一并谢过。

由于本人知识能力和认识水平有限，视野不够开阔，书中难免有会有一些错误，不足之处请多提出批评指正！